北望园文论系列丛书

夏鲁平短篇小说艺术论

李明晖 著

时代文艺出版社

图书在版编目（CIP）数据

夏鲁平短篇小说艺术论 / 李明晖著. —长春：时代文艺出版社，2018.7（2023.7重印）

ISBN 978-7-5387-5578-7

Ⅰ. ①夏… Ⅱ. ①李… Ⅲ. ①短篇小说－小说评论－中国－当代－文集 Ⅳ. ①I207.427-53

中国版本图书馆CIP数据核字（2017）第271536号

出 品 人　陈　琛
责 任 编 辑　孟宇婷
特 邀 编 辑　王禹琪
装 帧 设 计　任　奕
排版制作　毛倩雯

夏鲁平短篇小说艺术论

李明晖　著

出版发行 / 时代文艺出版社
地址 / 长春市福祉大路5788号　龙腾国际大厦A座15层　邮编 / 130118
总编办 / 0431-81629751　发行部 / 0431-81629755
官方微博 / weibo.com / tlapress　天猫旗舰店 / sdwycbsgf.tmall.com
印刷 / 三河市嵩川印刷有限公司
开本 / 880mm×1230mm　1 / 32　字数 / 87千字　印张 / 4.75
版次 / 2018年7月第1版　印次 / 2023年7月第3次印刷　定价 / 30.00元

图书如有印装错误　请寄回印厂调换

序说"北望园"

张未民

北望园是一座房子，红瓦洋房。

不较真的话，也可以扩大点儿说北望园是一个以红瓦洋房为主体的院落，院落里还包括紧挨着的一处茅草房屋。为什么北望园要包括这处格调不一样的茅草屋？因为在小说家骆宾基的笔下，这座茅草屋和红瓦洋房的居民共同构成了一个生活氛围。这个氛围、这个生活有一个揪心的背景音从茅草屋传出，感染了整个院落，就叫作"北望"。

表面上，茅草屋和红瓦洋房共同的生活格调是庸常的，一地鸡毛，这种"表面"的生活也是小说家主打的生活景象。但是因为租住茅屋的有一位流落此地的北方来的美术教员，是位绘画艺术家，每当闲时或入夜，北方家园的乡愁便随风摇曳潜入院落，似水银泻了一地。因此，实际上倒是茅草屋更体现了红瓦洋房的名称主旨，那似乎潦倒流浪的茅屋生涯僭越了主体红瓦洋房，成为北望园动人而敏感的心悸。

说到这里，应赶紧交代，我们的"北望园"是著名的

"东北作家群"成员之一骆宾基先生在其小说名篇《北望园的春天》中设计并建造的。它在大西南"甲天下"的名城桂林，坐落在丽君路上。

如果今天让"北望园"走出虚构，我相信，它是可以作为一个有着20世纪40年代西南风情和作为战时反讽存在的那个时代生活标本意义的旅游景点的。一边是大后方的庸常苦涩的生活，一边是遥远眷恋还乡的北望，东北作家的天才构思再一次显灵，他们总能于日常生计状态中提供悖论，拨动家国的神经，让慵懒的市民及其日子划过一道超越的、自由的、还乡的、情感的渴望之流光。这是一篇提供了生活反讽、进而提供了时代反讽的小说。北望园之名，乃是想象力反讽的标签与象征。想一想吧，居于南而有"北望"，平常心灌注进遥远的想、异常的想，东北作家所创造的空间美学不打动人才怪。于是北望，于是就有了那个时代之痛，那个时代的北方，尤其是东北，不仅有"雪落在北中国的土地上"，还有日本侵略者的铁蹄，一个字：殇。

北望，涉及一种叫作中国视野、中国时空的思维。地分南北，又共组时空。这种中国时空的完整性不可破碎，却总于现实中破碎，这破碎于是衍化为一个绵长的诗学传统"北望"，构成了对破碎的抵抗和诗性正义。"死去元知万事空，但悲不见九州同。王师北定中原日，家祭无忘告乃翁。"这是陆游的北望。在这样的北望中，天边的北方早已"铁马冰河入梦来"了。更知名的北望发生在唐安史之乱时期，杜甫写下了"国破山河在，城春草木深。感时花溅泪，恨别鸟惊心"的诗句。杜甫将其题为"春望"，但实质就是在蜀都草堂向北方关中帝都的北望。杜甫还说："老病南征日，君恩北望心"，"南京久客耕南亩，北望伤神坐北窗"。同是唐代的元稹的"我是北人长北望，每嗟南雁更南飞"，与杜甫诗句展开的思念空间具体内容可能不同，但都是中国时空的情调咏叹。然后，"中秋谁与共孤光，把盏凄然北望"（苏轼）、"北望可堪回白首，南游聊得看丹枫。"（陈与义），这样典型的中国姿态又感染到了宋代人的凄恻情怀，而陆游笔下的"北望"，则是中国文学史上最为突出和成功的，构成了一种抒情形象的"北望"。当然，除了北望，还有西望、东望、南望；如"西北望，射天狼"，东北望，"拔剑击大荒"，等等，不一而足。

中国文化重"望"。来到现代，骆宾基在这篇毫不逊色于现代中国任何优秀小说的作品中说，我怀念北望园的春天。这怀念什么样？怀念是一种望，是一种爱，爱在南方，有南方才有北望，要多惆怅就有多惆怅。

是该纪念纪念北望园了。

近八十年后，我们提议以北望园的名义再建一座大房，或一个院落。在当年被骆宾基北望的故乡，吉林省作家协会要编辑出版"吉林文论系列丛书"，蓦地想起，就叫它"北望园文论系列丛书"吧。既为"系列"，一望而三，有三个系列：文学评论家理论家个人文集系列、文学专论系列、文学活动文集系列。合起来，这是个中国地方性的文学社区，是中国文学的北方院落之一，我们就在这里望文学，或让文学望望我们。

望字之奇妙，于此构成了多重关系。首先，我们愿意将文学评论（理论）视为一种"望"，中医方法与技术，说望闻问切，望为中医四诊之首，望既可以当作一种文学评论的诊断方法、途径的指代，也可以当作望闻问切四种诊断方法的代表，一望便知，一望解渴，一望解千愁，真的可以满足借喻、指代文学评论的功能。其次，望总有方向，总有立足方位，望与家园相伴，所谓北望园，三字经，包含瞭望的视觉表述、北的方向方位的表述、立足的家园土地的表述，可谓要素组合齐备。尤其"北望"，与我们这个所谓文学评论社区又在方向方位上切已相关，真是一个好辞。当然，当年骆宾基受条件限制，其北望是由南向北望，而我们这里的文学评论之望，则可以有更多的交互与方位切换，包括由南向北所望，也可以立于我们的中国北方、中国东北而向南望去，向东向西望去，还可以北方文学北方作家之间的欣赏或自望，毕竟，北方、东北何其巨大辽阔，可容纳无尽的多向交叉叠压的北望的目光。北望，就是来自北方的望。再次，就是要借以向中国文学中的北望主题和北望表现传统致敬，向东北作家群的先贤们致敬，为了忘却的纪念（我们是否有过忘却？）和为了不忘却而纪念，庶几可大其心而尽其性。在这种望的判断力价值、方向价值与家园意识之外，望其实还提供给我们一种高尚的望，即仰望。抬头望见北斗星，心中有了想念。文学，哪怕是文学评论，都应是想念着什么的、想念了什么的。

骆宾基是吉林珲春人，除了是著名的作家外，还是一位有着跨界研究成就的金文学家。他和另几位东北作家群代表性作家萧军、端木蕻良、舒群等，1949 年后都未能回到东北老家，大都落脚于北京市的作家协会，所以离世前大约一直还保持着漫长的"北望"的姿态吧。那里有他们新的"北望园"否？坐落在北京市前门大街和平门红楼宿舍等处，他们在那里依然在说"我怀念北望园的春天"否？都不可能知道了。都不可能知道了我才敢说，我知道，他们一直在"北望"。

本丛书前年已出版了两种，朋友们建议，让我写几句话权当为序，显得郑重些，于是就写了以上话。

2017 年 8 月

目　录

导论　你邻居家的故事

小说应该写什么？

这个问题，从古至今，写小说的人、读小说的人、评论小说的人，都绕不开。当然，小说什么都可以写，"宇宙之大，苍蝇之微"，帝王将相、劳动模范，海客奇谈、小道消息……甚至一望风景、一缕思绪，只要以"小说"的样子写下来，就可以称其为小说。然而从事这个行业的人，难免还想继续深究：既然我们感知到，小说这种文体在其文体规定性中存在着工作对象的统一感，也就是说，我们每当读到好小说，或者成功的小说，就会感到它们都写了一个共同的"什么"，那么，这个"什么"究竟该如何概括呢？

不同时代、不同文化中的人，对此会有不同的认知，历史在这一方面已经呈现了一条变化的轨迹。最早，在我们中国，"小说家者流"关心的是"街谈巷议"，而儒家、道家、法家的传人们则传诵或记录着能够隐喻或解释他们思想观点的小故事，而欧洲一直到中世纪，这样的观念都占据着主流的地位：讲道理的才是正经文字，而小说之类，为的是道理的普及，故而都只有寄托了正确的道理，才有意义。这道理或者是宗教的，或者是伦理的，总之小说写的东西，归根结底应该是"道理"才行。

然而这是所谓"冠冕堂皇"的观点，与之并行始终（也可以说并行不悖）的是另一种观点：小说写的是"奇事"。"奇"这个字，在古汉语中也读作"jī"，但不是与"偶"相对立的"奇"，而是与"正"相对立。在兵法中就专门讲"奇正"。不正常的、不是通衢大道的，便是"奇"。演义小说相对于"正史"，便是"奇"。所谓"奇奇怪怪"的"奇"，其实也和这个意思是相通的，正常的事不奇怪，只有反常的事奇怪。所以正常的事不会写成小说，只有反常的事（无论真假）才能写成小说。为什么说这个观念和写"道理"的观念并行不悖呢？因为以"正常"的事、"正常"的方式讲道理的便不是"小说"，而是"大书""经书"，而以写"奇事"来写"道理"的才是"小说"。但是，写"道理"和写"奇事"，毕竟是可以相互独立的两个工作，因而小说的写作者自然也就有相当大的自由度可以"倚轻倚重"，甚至只在结尾处突兀地"卒章显志"。

这就是中外"古代"小说的大体状况。而"近代"小说的起点则是"奇事"的范围发生了根本性的变化。

文学史上一般以丹尼尔·笛福的《鲁滨孙漂流记》作为

近代小说正式形成的标志性起点，但在其前后问世的另外一些作品其实也有着相近的特征，《鲁滨孙漂流记》之所以意义非凡，就是因为它最典型地衔接了古代小说的"奇事"观和近代小说的"奇事"观。鲁滨孙流落到一个无人的荒岛上，这是身处一个超出"日常生活"之外的场合，就像水浒好汉的荒林野店、三国英雄们的朝堂疆场、圆桌骑士们的仙境魔窟一样；然而鲁滨孙在这个场合做的事，却是最为"日常生活"的事：种田、制造、修理。《鲁滨孙漂流记》诞生的那个年代，欧洲正在发生这样的变化：从以自然经济为主体到以商品经济为主体，生产分工越来越清晰，平民之间生活方式的差异也越来越大。所以，原来不是"奇事"的，现在也可以成为"奇事"了。此前，每个普通家庭的日常生活就是种田、制造、修理之类，所以没有人会愿意专门在小说里看别人是怎么种田、制造、修理的，大家要看的是自己一辈子也不太可能在现实中看到的英雄角斗、千军万马、神魔斗法。而到了这时候，生活用品大部分都是买来的，这些东西到底是如何做出来的，本身也就成了"奇事"。此前，一本关于一个流落荒岛的人的小说，会写魔法和奇遇，而到了这时候，怎么构造一个"普通的生活"成了小说家津津乐道、读者们爱不释手的情节。

到了 20 世纪，到了卡夫卡等人的手里，"奇事"观又一次发生了变化。在那个工业文明的霸权时代，人类生活悖论式地再一次"同质化"了，闹钟和格林尼治时间统治了人们的生活，他人的工作虽然不同，但却同样的并无诗意，也一点儿都不值得好奇——无非是上班、摆弄机器或数据、下班。然而古代那种远方"奇事"的魅力却也被工业文明"祛魅"了，好像只能用来哄哄孩子，或者提供"低等娱乐"。这个时代追求"高级阅读"的人急切需要小说提供另一种"奇事"，而这种"奇事"被卡夫卡找到了，他的《变形记》成了小说新变的又一部标志性作品。《变形记》的"奇事"外表是古代传奇式的，但本质却和古代传奇式的"奇事"格格不入，人们看不到超能力（无论体力还是智力）、看不到神圣的正义法则。《变形记》与近代小说式的"奇事"也截然不同，它没有呈现读者所不熟悉的"另一种日常生活"，而只是以"奇事"的形态呈现了读者们共同的"日常生活"的隐藏一面。《城堡》《审判》也是如此，吸引读者的绝非新奇的生活场景，而恰恰是自己生活的荒诞性被以这样一种"奇事"的方式呈现出来。

后来工业文明自己摧毁了自己的霸权，人类终于可以从"同质化"的生存状态中多少地松一口气，另一种小说悄然兴起，那就是以加工共同日常生活经验的方式构成的"奇事"。一个透露这一风向的事件是世纪之交猛然兴起的"简·奥斯汀热潮"，一个近二百年前的早逝女作家势不可当地成为这个时代时尚文化的一部分，因为她的小说里没有叱咤风云的英雄，没有阴森神秘的古堡与英俊而畸情的青年贵族，没有"别人"的劳动细节，也没有荒诞的无意义感。她笔下的日常生活是有意义的，这就是说，在她的文学世界里，意义就存在于大家的日常生活之中，既不需要从远方或"别人"的生活中去找，也不需要从幽暗的深处去挖。但她写的也绝不是生活的流水账——这种流水账最后往往倒向的还是"荒诞"；她擅长把平凡人普普通通的日常生活巧妙地结缀成为"奇事"，这正是她跨越时空风靡当代的魅力之源。她早在近二百年前就为这个后工业时代重新定义了"奇事"，也重新定义了"小说"。

这是我们按照历史的特征进行的粗线条的回顾，目的是看一看从古至今人们究竟都认为小说是写"什么"的。真实时空中的细节当然比这样的回顾要复杂得多，就像我们以简·奥斯汀的作品作为当前观念的标志，但她却是"近代"的作家，而且在那个时代也有一批虽然远远不像今天这么多但却一样热情的读者群。事实上，回顾历史是为了在变迁中看到不变的东西——可以称之为"规律"，也可以称之为"底层逻辑"。我们可以发现，虽然表面看来小说的选材方向经历了"异时空"与"日常生活"之间的反复拉锯，但"奇事"这条主线其实是一直没有变的，人们看小说，无论如何是因为这和"生活"不一样，虽然有人愿意想象存在着和生活一样的小说并且坚信那样的小说才是最好的，但那样的小说即使存在也从未在文学史或者说人类文明史上留下过任何印迹。在这个大原则下，随着人类生活方式的不同，小说的选材趋向会有种种变化，而在每一个时空中也都有着种种生活方式不同的人，所以也总会有不同的小说割据着人们的"小说阅读总时间"。比如说，超现实的英雄传奇，就从来没有从小说领域里消失过，再比如，普通人普通生活的"奇事化"，即使在英雄传奇席卷天下的古代，也仍然在卑微而顽强地生长。透过这些纷杂的现象，人们要求于小说的，一直都是"给我一些和日常生活不一样的体验"，其中的张力，从"和日常生活完全不一样的另一个世界"到"把我的日常生活写得不一样"。

这是小说家的"来历"，也是小说家的"枷锁"。

但是，这样就够了吗？

再往深一层看，我们就会从古往今来写成的小说作品中看到，"奇事"的另一面却又是"日常生活"。

量子物理方程和数字技术原理对大多数人来说是真正的"奇事"，绝对超越"日常生活的体验"，然而那些理论书和小说毫不相干，只有写成科幻小说之后，才是小说。克隆羊的技术细节对于全世界百分之九十九以上的人来说都是"和日常生活不一样的体验"，然而这些技术细节难以进入小说世界，反而是这些技术造成的那只动物（以及它在想象世界中的无数复制品）很容易进入小说世界。可见，人们内心真正想在小说里读到的，也不是所有的奇事，甚至不是世界上大多数奇事，而只是一类特殊的奇事。这类特殊的奇事是什么呢？其实就是读者能够"解释"的奇事，它印证了或者引申了读者们的生活经验、生活感想，读者可以在现实生活中看到这些奇事的投影，可以将这些奇事在自己的话语体系中转述给他人。古人读《三国演义》，或者观看三国戏、三国书，都会觉得董卓、曹操就像自己认识的那个恶霸，诸葛亮的"计谋"自己也可以学上两招，忠义无双的关二爷就是自己处身立世的楷模。现代人读《三体》，也看的是"宇宙闪烁"、骗局、媚外情结，看的是突然身负重任的迷茫、恐慌与窃喜，看的是行业改革的艰难、东郭先生式的教训。如果真把宇宙物理、维度理论的参数和推导运算过程之类都列出来，也就不能作为小说存在了。所以，人们要在小说里看奇事，其实全都是要看"日常生活的奇事化呈现"，古代的、近代的、现代的、当代的"奇事"观，表象尽管不同，本质都是如此。这就是小说选材的"底层逻辑"。只要符合这个底层逻辑，不拘什么题材，不拘什么时代，都可以写得成有人读的小说，但小说意义的大小，就得看作家对于"日常生活"的透视与领会力，以及"奇事化呈现"的技巧水平了。

之所以说"透视"与"领会"，而不是"观察"与"理解"，是因为后两个词可能会引起一些人的误解，以为看到什么写什么就是"诚实"的文学，选个角度对自己写的现象

（看到的现象）发发感慨，便是"深刻"的文学。实则作家写小说不可能不加拣择地记录耳闻目睹，也不该只给耳闻目睹一个"言之成理"的解释，而是看到异时空奇事里的"日常生活"，看到日常生活之为奇事。

我们在本书中将介绍和讨论的这位小说家夏鲁平，就是一位看到日常生活之为奇事的作家，他写的不是古代的英雄传奇，除此之外，前面说过的那些"奇事"类型，在他的小说中都见得到："他者"的劳动细节、生活中的荒诞之处、普通人的普通生活。但是他的作品和笛福的作品不一样，不是展现理性刚刚觉醒的人的骄傲和喜悦，也和卡夫卡的作品不一样，不是写世界与人生的荒诞无意义，也和简·奥斯汀的作品不一样，不是流连于犀利而温暖的励志喜剧。他写的"奇事"，可以概括为这样一个词："你邻居家的故事"。他的很多作品写的都是居民楼里的事，甚至就是和"邻居"有关的事，比如《新居》《楼上那人是老外》，然而这并不能成为我们如此概括他小说的原因，我们真正想强调的是，他的小说呈现给读者的人生世态、苦辣酸甜，大多不是为了给读者一个"感同身受"，令读者觉得"这说的就是我啊"（为什么会如此，有叙事技巧的原因，我们会在后面的章节里解说），而是读者在读完全篇之后，忽然觉得对于邻居——这当代社会中不远不近的人，多了一份亲切、宽容和了解。在古代、近代的村庄和城镇中，邻居之间的互相观看或许总夹带着些许"窥视欲",大家知名知姓,甚至知根知底,所以会有"东家长李家短"这样颇有贬义的俗谚。但是如今大城市的生活恰恰相反,人们的"窥视欲"都发泄在明星、名人、网红和各种"门"的主角身上,而对于居住在临近的人们,往往连好奇心都消失了,不关心、不在意,也就是所谓"城市冷漠"。我们对于"和我们一样平凡和平安的人"不感兴趣。真正说起来,人和人之间的关怀,其实恰恰是和"窥视欲"相对立的,窥视欲是对他人的物化和异化,究其根本,也是对自己的异化;而人和人之间的关怀,却是认识到"我们都是人,我们是一样的"之后才能实现。夏鲁平写的"你邻居的故事",可以说是对于"窥视欲"的"净化",就像亚里士多德说的悲剧对于"恐惧"的"净化"。旧时村社市井的彼此"窥视",既有着几分熟稔亲热的温暖,却也会让人活得缺乏自我空间,压抑了自我的人生成长;而互联网时代都市的生活方式,给了人充分的自我空间、个性自由,恰好可以结成新的、彼此舒适而尊重的、基于天性和自主愿望的人际关系。但刚刚从村社市井解放出来的人们却还保留着应激力的惯性,互相不敢敞开心扉,对于传统共同体之外的"他人"既好奇又无端畏惧,而且这"好奇"与"畏惧"还会互相刺激,越好奇便越畏惧,越畏惧便越好奇。打破这个循环是当代人的重大课题。这是一个堪比宇宙探索的事业。宇宙探索是为了冲出地球、拓开人类的视野与世界,同时,也是为了更加了解地球、了解人类自己。同样的，在心理上冲出传统共同体，也是拓开人类视野与世界的必由之路，而且，也将使我们更加了解传统共同体，了解我们自己。然而打破这个循环的方法，不应该是简单地不好奇或不畏惧，反本能的方法就如同鲧治水所用的"堙"。实则好奇与畏惧本身都不是坏事，好奇才能探索，畏惧才有分寸。问题就在于如何疏导人们心中的好奇与畏惧，使其为益，导向人与人之间的尊重、友爱、关怀。夏鲁平的短篇小说，最大的意义就是以文学这种艺术的方式做了这件事。而我们这本薄薄的小册子，就是想通过从不同角度细读夏鲁平的一些精彩作品，来看一看，他是怎样做的。

上　编
情节艺术论

一、寻常与奇崛

首先就从我们在导论里谈到过的"奇事"与"日常生活"这对矛盾谈起吧。正像许多评论家说过的那样，夏鲁平的绝大多数小说写的是"小人物"——你家的邻居，多多少少总是和你"一样"的人，也许比你穷一些或富一些，也许比你的阅历多一些或少一些，也许比你幸福一些或不幸一些，但是，其获取资源的"效率"和影响社会的能力，一般不会和你有本质的差别。一般的读者当然都过着一般人的生活，而夏鲁平的小说里写的也大多是一般人的生活，喜怒哀乐都掀不起什么引人瞩目的变化，不像武侠小说里的人，一喜一怒都会成为改变天下兴衰与无数人命运的契机。从这方面来看，夏鲁平的小说是"寻常"的。而且他的叙事语言、他的叙事手法也是寻常的。语言上，不用什么华丽新奇的辞藻，不做很多景物的描写。有些短篇小说家以写景见长，但短篇小说的长处毕竟是精炼地讲故事，写人。夏鲁平写的是普通人的事，用的也往往是家常的语言。叙事手法上，基本遵循赵树理当年总结的"从头说起，接下去说"。这是最不花哨的叙事手法。所有这些，都是寻常的。

现代有一种刻意追求寻常到了极致的小说，我们从头读到尾，真的都只是平常事，让人不明白这为什么要写成一篇小说，这种寻常，实际上就是不寻常了，是一种叫作"寻常"的花哨。夏鲁平的小说叙事语言和叙事手法都寻常，却绝不是这种寻常。他从一起笔就能把我们带到一个故事里，我们关心他虚构的时空中的那些虚构的人物关系和事件，而读到篇尾，这个关心绝不会失望，这篇小说一定给了我们这些人物关系和事件的确值得关注的充分理由。这些值得关注的充分理由，便是这些平凡人平凡生活的"奇崛"之处。

比如《小赖》这篇小说。小赖是一位姓赖的资深公务员，在"比较扎眼"的一个机关，领导重视、同事支持、升职顺利。小说从他每天上班讲起，都是些日常的生活、日常的想法，几笔就勾勒出一个驾轻就熟、自得其乐的"老机关"形象，然后笔锋一转，回顾起小赖当年刚刚从大学分配到这个大机关时的情形。原来，小赖出身农村，在大学时，靠着一次次从家里背来"半面袋子土豆"送给辅导员和系主任，和这两个人搞好了关系，这才得以分配到这个大机关，可是又觉得融入不到这个群体里去，于是决定在机关里找到一个"靠山"……这些叙事，也依然是寻常的，然而我们已经关注起这位小赖了——他在这个机关到底是怎么发展起来的呢？他的"靠山"找到了吗？到底对他产生了什么样的影响？这都是读者自然会关注的点，因为小说在简短的开篇就提供了一个巨大的反差，又暗示着新的人物、新的关系。反差与暗示，就是作家对读者的承诺。过去与现在的反差承诺了变化过程是有意味的，新人物与新人物关系的暗示承诺了其本身的戏剧性或其影响的戏剧性。夏鲁平在寻常的笔调中做出了这些承诺，引起了读者的阅读兴趣。

然后，就该兑现承诺了。兑现承诺的情节，一开始也是寻常的：年轻的小赖认准了一个靠山——他所在部门的郝处长，费尽心思给郝处长送好烟，模仿郝处长说话办事的风格甚至他的习惯手势，而郝处长每次拍拍小赖的肩膀，对小赖来说都是巨大的肯定、鼓励和"自己人"的表示，给小赖赋予了精神的力量。这些事是寻常的，在党的组织纪律落实不够到位、社会风气存在着一些普遍问题的那些年中，这样的事很多人都耳闻目睹过，甚至亲身经历过。可是当作家以锐利的笔锋表现在小说里的时候，其中的可悲可叹之处却也更加触目。小赖的精神力量居然来自认为自己在机关里有了一个可靠靠山的安全感和自豪感！拍肩膀这个普普通通的动作，在这里却荒谬地被赋予了特殊的意义，成为一个青年干部的精神鸦片。他就靠着这样的"激励"和心理安慰，在这个机关里"安心"工作了。

到这里，算是情节的一个"顿挫"，也可以说，叙事线索进入一种"平衡"状态，顺势再往后，不会有什么大的变化了。读者在前面关心的反差和暗示，这里也可以算是给出回应了：小赖的变化，是因为有了郝处长这个靠山，郝处长这个新人物，对小赖最有戏剧性的影响就在于"拍肩膀"的神奇作用。有些小说作者，可能在这里就结尾了。然而这里其实却正是小说家要全力以赴闯过的一道关——当然，不一定是写到这里的时候，更常见的是在构思的时候，跨过这个太过寻常的平衡状态，也就是打破这个平衡，开拓真正的故事空间。

夏鲁平安排这位郝处长下海从商去了。这虽然在文本中并没有情节逻辑或人物性格的必然性，但却是"可然"的，也就是合乎情理、在现实社会中可能的事，是读者能够理解的事件，也就是说，满足了不伤害虚构情节"可信性"这个基本的要求，而又起到了跨过浅层平衡状态的叙事作用。小赖忽然失去了他在这个机关里的"靠山"，同时也失去了安全感，作为表征，就是失去了"拍肩膀"带来的力量与激励。叙事线索变成了处于不平衡状态了，而这个不平衡是为了深层的平衡状态"蓄势"，而深层的平衡状态将最终表达作家的观点与价值观。

但进入不平衡状态的叙事，依然是寻常的、波澜不惊的。小赖在经历了突然变化造成的惶惑、失落之后，却依照和郝处长相处得到的经验，很快地适应了与新处长的相处，也就

是说，迅速获得了"新靠山"。这里已经构成了一个隐藏的
"转折"，也可以说是微妙的反讽，那就是告诉了读者，小赖
的"靠山"其实并不是郝处长这个人，而是当时那种不健康
的机关风气。之前小赖自己一直以为是郝处长的"拍肩膀"
给了他精神力量，是郝处长的存在给了他在这个机关的"安
心"。但郝处长走了，其实什么都没有变，小赖什么都没有
失去。原来对小赖来说，重要的从来就不是"郝处长"。

　　就这样，似乎叙事线索一下子又达到了平衡状态，而
且也给了读者如上的启示。如果是不懂行的作者，很可能就
在这个地方结尾了。然而就像刚才说的，这只是一个隐藏的
转折，它的意义还缺少有力的渲染。更重要的是，从情节
逻辑来说，这样的结尾会非常仓促，读者会觉得整篇作品头
重脚轻。为什么呢？原因在于前面的很多铺垫、积累就这样
不做任何交代，便和全篇结构失去联系了。这个原因现在说
起来简单，但是真的有很多小说有这样的失误，一般读者直
觉到的就是"读不懂"，甚至"不明觉厉"（不明白是什么
意思，但是觉得很厉害），其实是小说结构的缺陷。而《小
赖》这篇小说，很自然地继续讲述故事，很缜密地将叙事安
排成一个完整的结构。这就是小说艺术的本质所在。关于寻
找非组织"靠山"的现象和反思，即使只讲到郝处长离开之
后小赖的"不变"，也就已经表达了，在现实生活中，我们
可能也是从这样的"寻常"之事认识到这样的现象、反思这

样的现象的。但是对于小说来说，就不是说一件寻常事、讲一个或深或浅的道理那么简单，我们之所以读小说，期待的是在其中看到现实中的现象能够更加集中、更加突出地呈现出来，使认识和反思以一种更鲜明、更可理解和转述的形态存在。这里就用得到"奇事"或者说"奇崛"了。现实中寻常的事，在连续的、匀速的时间流中堆积，其中的逻辑并不是一眼可见的。小说家的功夫就是清晰地看见这些并不一眼可见的逻辑，并且让这些并不一眼可见的逻辑在小说中一眼可见。郝处长离开了，小赖依然在机关里按照他的那一套办法活着，那么这个曾经在他的精神世界中"举足轻重"地影响着他的郝处长，在他之后的生活世界中又是一个什么样的元素呢？在现实生活中，无论是"小赖"，还是"小赖"身边的同事，也许都不会特别地以此作为一个"疑问"来考虑，但是在小说中，想到这一点，情节逻辑就一下子贯通起来了，戏剧性也就得到突出了。也就是说，在现实中我们能"看到"的或者说"感知到"的是曾经以郝处长为"靠山"的小赖在郝处长离开后仍然风生水起，于是模模糊糊地产生关于"靠山"的思考，但是作家会将这个思考具体化为一个"视角"，看看一个"元素"在时间之流中的变化轨迹，从中发现这个思考的"现实形态"，将这个模模糊糊的思考表达得清晰、利落。《小赖》里在此先写了这么两个"事件"：一是，下海经商的郝处长曾经打电话请托还在机关里而且掌握了一些公权力的小赖办一些事，小赖都给郝处长办到了，并且心里颇为得意；二是，郝处长仍然住在原来的干部宿舍楼里，但小赖多年里再没有登过门。这两个事件都是"持续事件"，或者说在小说中都是作为"持续事件"表述的。第一个事件说的是在这一段时间里"做了什么"，第二个事件说的是在这一段时间里"没做什么"。郝处长请托小赖做的事，作家并不一件一件地讲，也并不挑出任何一件来细致地讲，只是作为一个整体一笔带过，这就是我们说的作为"持续事件"表述。因为在这篇小说的叙事中，重要的不是小赖具体给郝处长办了什么事，我们应当关注的是小赖的心态，也就是他利用公权力给郝处长办了事感到很得意这一点。这是郝处长离开机关之后在小赖的世界中承担的一个角色——小赖得以确认自己"成就"的一个理由。这就是一个更明显的、更富戏剧性的转折，小赖原本作为"精神偶像"推崇和依赖的"靠山"，在社会身份改变之后，在小赖的世界里就转化成了"受恩者"，小赖在与他的新关系中获得的不再是原来的那种作为"自己人"的"安全感"和"自豪感"，却依然是"安全感"和"自豪感"，从"靠山"转化成了"证明靠山价值的工具"——小赖由于依然有他的"靠山"，而可以为曾经仰视的人"办事"，可以"报知遇之恩"，这本身就给了小赖一种虚假的"伦理安全"和"道德自豪"，他不道德的行为因为有了"知恩报恩"的光环而能够自欺为道德的了。就像原来以郝处长为"靠山"是自欺欺人的"安心"一样，这里的利用公权力给郝处长办事也是自欺欺人的"安心"。郝处长的身份变了、小赖和郝处长的关系变了，但是小赖自己却始终是在这个自欺欺人的怪圈中没有变。这样一来，对于寻"靠山"现象的反思，就比情节结束在小赖在郝处长离开后依然风生水起那里，要生动得多了，因为给了小赖的"风生水起"一个具体的而且是与前文关系密切的事件，并且从这个具体事件里表现了小赖"风生水起"的扭曲处。至于说到小赖不曾登过郝处长的门，那应该是为后文的大"奇事"伏笔的。

全篇的大"奇事"如何安排呢？现成的资源，就是前文中生动表现小赖在精神上依赖非组织"靠山"的那个意象——"拍肩膀"。我们在此不是复盘分析夏鲁平的创作过程，作家也许是在写到这里时信手拈来地以前文中的意象构造最后的转折，也可能是对于这个结尾早就心中有数，而特意在前文铺垫了这个重要意象，还有其他种种的可能，文学创作的心理过程是复杂多变的。我们要分析的是作为创作结果的作品为何符合了小说艺术的规律，在这里具体来说就是出色地处理了"寻常"和"奇崛"的关系，使得"寻常"处不是淡而无味的流水账，"奇崛"处也毫无刻意之感，不是故作"惊人之笔"的齐人野语。也可以说，达到了小说结构的自然与完整。

这个"奇事"是这样的。郝处长离开机关十多年后，因为机关干部"调房"，小赖和郝处长成了邻居，一天在楼下遇见了。两人谈了几句话，郝处长拍了拍小赖的肩膀。小赖当时就觉得肩膀不舒服，回到家里，当晚肩膀难受得拔了三个火罐也不见效。小赖叨咕了一句："我的肩膀怎么能随便说拍就拍呢！"这篇小说就以小赖的这句话结束了。

回顾全篇，这篇小说写的"奇事"可以简单概括为：在一个"扎眼"机关里混得志得意满的资深公务员小赖，这天在楼下被下海经商多年、时不时有求于自己的昔日"靠山"老郝拍了拍肩膀，当晚，小赖那个肩膀难受得拔了三个火罐都不见好。这个"奇事"如果像刚才这句话这样叙述，奇则奇矣，意思也很醒豁：讽刺和批判了个别机关干部汲汲于非组织活动的不良风气。但是，这"一句话小说"看起来就很像一则"寓言"或"都市新聊斋"，力量比起夏鲁平这篇小说来就小得太多了。原因何在呢？不在于篇幅长短，而在于夏鲁平原作中的那些"寻常"之笔。老子的名言："三十辐共一毂，当其无，有车之用；埏埴以为器，当其无，有器之用；凿户牖以为室，当其无，有室之用。故有之以为利，无之以为用。"我们也可以从夏鲁平小说中"寻常"与"奇崛"的辩证艺术，获得这样的"小说论"：奇崛以为利，寻常以为用。因为"奇崛"所以成为过目难忘的、可以讲述的故事；而因为"寻常"，才有深入心中的力量。

二、咫尺兴波

短篇小说在小说中的特色自然就是"短"，而短篇小说之所以不同于速写、故事，却是因为其在短短的篇幅里既须跌宕起伏，又须整饬肃穆。跌宕起伏，所以不同于速写，整饬肃穆，所以不同于原始形态的故事。跌宕起伏好理解，整饬肃穆却颇可细说几句。其实小说和美术、音乐这些艺术的道理是类似的。音乐的来历是原始的弹击呼啸，但真正成为音乐却必然是有和声法，讲求音律。美术的来历是随意涂画，但真正的美术却必然是有配色法，讲求构图。小说也是这样，其来历虽是街谈巷议的故事，但真正的小说却必然有一定的章法，有一定的规矩。当然，确有自认为不懂章法规矩而写出好小说的作家，但这正如也有不懂配色法和构图理论的画家，有不懂音律理论的音乐家一样，虽然不懂，作品却恰恰合于规律，于是成功，而也有不合于规律的，于是失败。规律就是规律，绝不以人的懂不懂为转移。读者更是如此，不懂任何理论，也不过是"不知所以哭，不知所以笑，

不知所以神魂摇荡"而已，看到不合规律的作品也一样瞌睡
懒观。这整饬肃穆，说的就是小说的章法规矩，必得前后照
应，情节出人意料而在情理之中，每个人物、每句话有其合
适的位置和不得不然的意义。这是不能像一般人讲故事那样
随意散漫的。好的音乐闻之神清气爽，好的绘画作品观之心
旷神怡，好的小说也理应如此。因此，好的短篇小说做得到
"咫尺兴波"，这"兴波"不光难在起伏多变，更难在合于规
律，好比江河湖海的水，其波翻浪涌必是按照其物理性质和
周围的环境、宇宙的力场而有一定的规律，若乱跳乱荡，那
便不是波浪了。我们说夏鲁平小说的情节有咫尺兴波的艺术
功力，便是说他能在短短的篇幅中，将情节安排得既跌宕起
伏，又整饬肃穆。

　　我们来看看他的一篇题为"敬老院的春天"的小说。这
篇小说全文不过一万三千字，但读下来却步步惊心，扣人心
弦，又传达着时间和生活的重量，让读者仿若在半个多小时
的时间里观看了一部电影长片。这就是因为作家写得千回百
折，却又纹丝不乱。小说的开篇，我们看到一个名叫曹兴汉
的半老男人，乘坐公交车去养老院看望自己的母亲，我们又
知道，曹兴汉有一个妹妹，名叫文婷，在送母亲去住养老院
这个问题上，兄妹俩的矛盾不小。文婷虽然表示愿意接母亲
去她家住上一段，但她是个工作繁忙的女强人，母亲也有老
了只能让儿子养活、不能让闺女养活的老思想，所以长期住

在曹兴汉夫妻的家里。但是母亲越来越老，曹兴汉夫妻也渐渐衰老了，曹兴汉的妻子桂凤作为一个半老的妇人，越来越难以与在一次轻微脑梗后脾气变得古怪的婆婆愉快相处。于是在彼此苦恼地折腾了半年之后，曹兴汉终于决定送母亲去住敬老院。

在上述"故事开端"中，作家就布置了高超的"阵法"，这里有曹兴汉和文婷兄妹之间的矛盾，也有兄妹俩各自与母亲的分歧，还有隐含得更深然而也隐隐可见的曹兴汉自己的内在矛盾。焦点在于：曹兴汉送母亲去住敬老院这个决定，到底对不对。这需要时间的检验。此后的波澜，都是这个根本的疑问推动起来的；作家引导读者关注和思考的问题，也是围绕着这个疑问得以呈现的。在流行的舆论中，送父母去住敬老院便是"不孝"，甚至是"遗弃老人"，而住敬老院的老人也往往被这些观察者贴上了"不幸"的标签。以至于，有的家庭，老人也愿意去住在敬老院，儿女也愿意送老人去住，但是一家人却碍于外人的舆论压力而放弃了彼此共同的心愿，继续忍受着彼此都不方便、不快乐的生活。而在这个小说中，为了突出这个社会心理问题，充分地展开矛盾冲突，选择了另外一种家庭模式作为基本的关系设定，那就是一个家庭的儿女中有的决定送老人去住敬老院，有的坚决不同意，这样，两种观念的激烈碰撞在一奶同胞的内部发生，两人的理由、做法及其后果，就构成了展现和唤起思考的充分空间。接下来，读者就紧跟着情节的进展，在一起一伏的变化中走进了这个话题的考察之旅。

首先，从曹兴汉第一次去敬老院看望母亲的最初印象来判断，这个决定大概还是比较正确的。敬老院环境不错，母亲在那里还遇到了早年的熟人，聊得颇有兴致，而且说话策略居然也有了些"小机灵"，用文中的一个比喻来说，好像小朋友进了幼儿园，不知不觉在与小伙伴的交流中就变得"有心眼儿"了。曹兴汉的母亲遇到的熟人是一个老头儿，姓肖，当年是冰棍厂的一个科长。几十年前，曹兴汉的母亲推着蓝箱子卖冰棍贴补家用，而肖科长就是负责冰棍批发的，所以两人常常打交道；肖科长曾经批评过曹兴汉的母亲，也曾经照顾过她。如今肖科长脑子也糊涂了，但是还能听曹兴汉的母亲说话，也能对谈几句，而且常常送点儿东西向曹兴汉的母亲表达友好。从母亲与曹兴汉的对话可以看得出来，到了敬老院的母亲，心气儿、精神状态都和在家时不一样了，比在家时好得多。这个情节的心理依据大概是这样的观念：人无论到了什么年龄，都是需要"横向关系"的，也就是与自己年龄、阅历、生活状态差不多的人之间的交流互动。与"横向关系"相对的"纵向关系"就是跨年龄段、跨辈分的交流互动，比如一家中父母与子女，或者爷孙辈之间，以及家庭之外的"模拟家庭"关系。就人的心理本能、心理健康来说，这两种关系是缺一不可的，少了任何一个，都会造成心理问题。曹兴汉的母亲此前的问题就在于困在过于紧密的"纵向关系"之中，而缺少了"横向关系"。到了敬老院，见到了肖科长这样的老熟人，"横向关系"需求获得了满足，而儿女每周能来看望她，"纵向关系"也调节到了一个合适的程度，人自然就活得有意思、有劲头了，之前在曹兴汉家时的一些怪毛病，也就自然消失了。这套理论，在科学上未见得严密准确，但却是我们能够理解、能够体会的，即使是"送父母去住敬老院"这个行为的坚定反对者，也很难不在情感上和"道理"上有所认同。也就是说，对读者来说，这个情节——曹兴汉在敬老院的所见所闻，是可信的。

这时候，肖科长却出事了，他摔倒在曹兴汉母亲房间103 的门外，送到医院抢救。等到肖科长躺在担架上被送回到敬老院，他的女儿也跟着一起到了敬老院，对敬老院兴师问罪，认为敬老院让她有脑血管病的父亲天天乱跑，就是失职，应该赔偿她的损失。肖科长的女儿这个人物在此对于这篇小说主题起到两个"叙事作用"：一是，她在敬老院的一番自我表白强调的是自己工作太忙、雇人到家照顾又太麻烦，才把父亲送到敬老院，"出这种事，你们说我该怎么办？"她的目的是撇清自己的道德责任、放大敬老院的责任，属于这一类人吵架闹事的惯用手法，但是对于曹兴汉这样的"子女"来说，却将他们置于了一种道德卑劣的窘境当中。也就是说，她这一句自我辩解的话，却让曹兴汉忽然变得无可辩解。曹兴汉这个人的心地、观念，无疑是比肖科长的女儿高尚的，然而他们做的事却是一样的，都把身体不好的老人从自己家中送到了敬老院。肖科长的女儿拿自己工作太忙、雇人又麻烦作为理由，其实就是认可了"把老人送到敬老院住对于老人不好"这个判断，而辩解说自己是无奈的。可是这个"无奈"又透着小市民的计较、自私与得意。在肖科长的女儿心里，这些是理所当然的，所以说得理直气壮。可是道德感更强的人，如曹兴汉，却不能把这些看得理所当然。然而，曹兴汉却不能反驳肖科长的女儿，第一，人家的话并不是对你说的，是对敬老院说的，作为"消费者"，如果这时候帮着敬老院说话不是很"虚伪"吗？第二，你也把母亲送到了敬老院来住，你说我不对，那你又如何呢？而且，依照肖科长女儿的逻辑来说，曹兴汉就比她更加自私，因为他并不存在工作太忙、家里没人照顾的情况啊。曹兴汉陷入了这样一种道德困境：他不说话，就只能默认自己和肖科长的女儿在道德观上是一样的，而他说话，反而会被肖科长的女儿在道德上鄙视。"送敬老院"的道德课题在这里就已经成为扎心的利器了，此前的轻松适意已经不复存在。二是，她的存在与抱怨作为这个环境的"点缀"甚至"标志"，坐实了"敬老院不适宜生活"这个反对派的论据——就在肖科长的女儿大吵大叫时，反对派文婷来到了敬老院。

文婷激动地向哥哥曹兴汉问罪，其中最刺激曹兴汉的一句话是："是不是嫂子出的歪主意？"文婷也认可了"把老人送到敬老院住对于老人不好"这个前提判断，所以这件事的对错是不需要讨论的，只要抓出"罪魁祸首"就可以了。这句话给曹兴汉的留下的空间好像只剩下是"自己替妻子扛下责任"还是"把责任都推给妻子"两个选择。文婷不是故意这么狠毒的，她是真的心疼、焦急、难过，而她也是真的站在"我们是一家人"的立场上，想把错推到"我们一家人"之外，以此维护内部的团结。在这里，小说中从曹兴汉的视角做了一段"插叙"，讲了这些年来这个"家族"之间的关系，其中有几个值得注意的细节：一是，文婷从小依赖曹兴汉，曹兴汉也习惯于照顾和保护文婷，刚参加工作时，工资交给母亲一部分，剩下的零用钱多半给文婷花了；二是，文婷的丈夫"是个没啥说道的人"；三是，母亲和曹兴汉夫妇一起住，一有什么不愉快、闹情绪，曹兴汉怎么也劝不好，文婷一去就能立刻哄好，可是过几天又因为什么小事闹起来，曹兴汉只好再给文婷打电话。为什么说这三个细节值得注意呢？因为从这三个细节中我们能够更深入地了解到这个"家族"的"精神病症"所在，而这些"精神病症"是颇有普遍性的。古代乡土社会的一个特质是看重亲子血缘关系胜于夫妻关系，虽然"夫妻为人伦之本"，但"孝悌也者"却是"仁之本"。从经济基础上来说，这是因为涉及财产维护、增值和继承的问题，以及科技革命前农业生产的艰苦和不确定性使得大家族共同体在生存竞争中有着明显的优势。数千年的意识形态远比生产力、生产方式要顽固得多，人们在与古代乡土社会截然不同的社会中却仍然残留着许多旧观念并深深地影响到一代一代人的生活。在曹兴汉与文婷的兄妹关系中，少年时代的保护与依赖关系是很正常的，但他们的关系却缺乏一个"成年礼"，而一直延续到成年之后，延续到他们都有了各自的家庭和收入之后，于是妹妹自然地把嫂子看作一个"外来者"，自己和哥哥这个"精神连体生物"之间发生的任何矛盾、问题，都会被本能地归因于这个"外来者"。而文婷的丈夫也在这种病态的家族共生关系中扮演了一个悲剧性的角色，以"没啥说道"的消极方式成为这个家族可有可无的"依附物"。曹兴汉的妻子桂凤因为按照人的自然天性，有自己的主张，而成为"外来者"，文婷的丈夫则自行压制着自然天性、不做主张，而规避成为"外来者"。其实，桂凤也已经在压制着自己自然的天性，但一方面大概不如文婷的丈夫做得有力，另一方面，她不得不和丈夫的母亲住在一起，所以有更多的可能被那个精神连体生物发现她的"异动"。是的，曹兴汉和文婷的母亲也是这个精神连体生物的一部分，而且是至关重要的一部分。她轻度脑梗之后引发的情绪异常，其实也是这个精神连体生物疾病的一种发作形式，即对这个精神连体生物中"外来者"的不适感终于表达出来。她几天一次的吵闹、见到女儿很快就好的怪病，其实是为了确认这个精神连体生物而进行的一种"仪式"，用这种方式反复地主张：我们三个才是一个精神连体生物，而桂凤只是不适的制造者。文婷也强烈地接受了这个精神暗示，她对于哥哥把母亲送到养老院住的强烈情绪反应，其实也根源于此：哥哥的这个行为在她看来是对这个精神连体生物的卑鄙背叛和残忍破坏，相当于是这个精神连体生物受到外来者影响而发生的危险"癌变"。

那么，既然如此，为什么同样作为精神连体生物一部分而且是至关重要部分的母亲本人却能够在敬老院的生活中感到快乐，没有那么反感呢？当然，我们应该说这是作家虚构的结果，但是虚构总得有其合理性，不然读者一读就会感到强烈的不自然，我想我们每个人都是有过那样的阅读或影视剧观赏体验的。但这里并没有让我们感到不自然。我们在讨论小说的第一个大情节时从"横向关系""纵向关系"理论的角度分析了母亲变化的合理性，但这里却因为精神连体生物理论的引入而遇到了一个新的矛盾。这个矛盾应该这样理解：毕竟，家族精神连体生物现象是文化惯性造成的，是不自然的、反天性的，而"横向关系""纵向关系"需要却是由更深层的心理机制决定的，一旦它顺畅地发挥了作用，其力量就会比精神连体生物大得多。曹兴汉的母亲的幸运之处在于她意识中还没有另一个观念：她仍然对子女承担着"责任"。很多类似情形类似处境的老人，就因为多了这么一个观念，而忍受着痛苦不愿意也想不到脱离精神连体生物关系，重建与家族的关系。但曹兴汉的母亲走出来了，在敬老院获得了新的人生。坚决不肯走出来的是幸或不幸有一个"没啥说道"的丈夫的文婷，而想走出来却在观念上心理上进退两难的则是哥哥曹兴汉。

插叙的结尾，叙事时间回到"现在"，我们看到的是一个强势的文婷和一个弱势的曹兴汉。这既是因为如同刚才的分析所说，文婷和曹兴汉共享着魔影般的"精神连体生物"意识，而文婷的立场是坚决保护精神连体生物，自然比起曹兴汉来占据了"道德优势"；同时，也和两人性格和社会处境的变化有关，文婷的进取型、主动型人格更强，而曹兴汉的稳定型、被动型人格更强，文婷已经在本行业成为领导，曹兴汉一直做着教书匠，多年的"保护—依赖"关系，基础已经不存在了。然而，其实这个关系模式只是改换了一种更隐蔽也更扭曲的形式而已，文婷依然"依赖"曹兴汉，因此内心深处更恐惧曹兴汉对精神连体生物、对自己的任何"背弃"，而曹兴汉也依然习惯地认为自己有保护文婷的义务，因此恐惧对文婷、对精神连体生物的任何"伤害"，当两人强弱逆转之后，这样的恐惧心理难以用原来的"正向"方式纾解，只能以更强有力的"逆向"方式表达出来，那就成了两个人的身心痛苦和激烈争吵。文婷以强势的、问罪的方式，尽力地阻挡着哥哥的"离去"，曹兴汉以弱势的、逃避或抗辩的方式，尽力地拒绝着有任何"残酷"的行为。

这个"战争"也不可避免地把母亲卷入其中。文婷对母亲新生活的态度，并不是怪罪她也背叛了精神连体生物，因为这个精神连体生物至今为止就是以母亲的名义存在和维持的；她的新策略匪夷所思却也司空见惯：她坚决不承认母亲表达的感受和意思是真实的。她痛哭流涕地说母亲是害怕麻烦他们兄妹俩，害怕兄妹俩为难，才故意说自己在敬老院很好、不想回家的。她把母亲的真实意思表达，整合到了一个精神连体生物的悲壮故事之中，精神连体生物不幸受到了外来者的侵害，内部也发生了问题，这时候，母亲"深明大义"，牺牲自己、牺牲精神连体生物的完整，来成全精神连体生物的其他部分。文婷自己构造出来的这个故事更加凸显了精神连体生物的伟大与可贵，也更加谴责了外来者与精神连体生物中动摇者的卑劣与罪恶。而这也刺激了本来就处于"伤害恐慌"中的曹兴汉，他甚至也怀疑母亲也许真像文婷说的那样。到此，"母亲不能住敬老院"的主张其实在故事中已经获得了胜利，母亲自己对自己的事也没有发言权了，因为判断她说的话是真话还是谎言的权柄，或者说判断什么是她自己真实内心想法的权柄，已经被精神连体生物的其他部分"合法地"接收了，她变成了一个"意思表达无效"的部分，而一个在决定性领域里无权进行意思表达的人，是无法左右自己的生活与命运的。

兄妹俩还有这样的一番交锋，从中可以看出母亲的悲剧有着更深的无奈与必然性：曹兴汉说，你自己说过将来老了就住敬老院，我当时觉得你很开明，为什么现在却是这样呢？文婷说，妈妈和我们不一样。曹兴汉再追问一句，文婷也答不出到底怎么不一样，反正就是不一样。这或许意味着，如果易地而处，文婷是现在的母亲，她也会像母亲一样怡然自得地住养老院，她的坚决反对，其实正是在她"现在的文婷"立场上的坚决反对。也就是说，在她的潜意识里，她或许也知道母亲说的不是谎话，但是她绝不能承认这一点，她必须理据充分地占据着道德伦理的高地，把母亲卷进这场事关精神连体生物生死存亡的战斗中来。

此后，曹兴汉身体的病症标示了他在这场精神战斗中的失败：牙肿得难以吃饭。而母亲这时候还不太感觉到来自精神连体生物的压力正在胁迫她离开目前的生活状态，她依然还沉浸在敬老院生活的乐趣里。文婷单独去看望过母亲一次，什么都没说就走了。我们不知道在她眼中看到的是一个什么样的景象。也许她终于不得不正视老人的怡然自乐，终于有些不忍心了？但即使有过这样的想法与感情，也只是短暂的一瞬。我们在小说的后文中看到的是：文婷此时一度陷入一种麻木的、自我冷冻式的应激状态，不表态，不热心于和哥哥再讨论这件事（虽然此前她和哥哥在养老院谈话之后临走还说这件事得好好谈谈），甚至不热心于哥哥接母亲回家的提议；后来，又突然坚决地从敬老院把母亲接回到了自己家，不再在乎任何人的意愿，无论是哥哥还是母亲本人。如此突然的急转弯，透露了她情感世界的暴风骤雨。她的人性大概也在和"精神连体生物"意识交战，她害怕这种交战，因此用冷漠的方式强行压抑住了任何可能的动摇，然后用突然而决绝的行动强行中断思考。

而曹兴汉又为什么会在第二次去敬老院看望母亲之后并得知文婷并未再说什么之后，竟然主动地向文婷提出了立刻接母亲回家的想法，还急迫地要和文婷谈一谈呢？在文婷以冷漠克制动摇的这一时段里，曹兴汉的心理轨迹尤为惊心动魄。事实上，在这篇小说里，曹兴汉作为主人公，比文婷承载了更多的社会、文化反思意义。他再次去敬老院看望母亲时，看到了母亲和卧床不起的肖科长之间的亲密关系，肖科长一会儿看不到曹兴汉的母亲，就会焦躁、哭泣，曹兴汉的母亲也热心地陪伴肖科长，两人见面时就像久别重逢一样伸出手握在一起。肖科长的女儿和曹兴汉在一旁都觉得浑身不自在。曹兴汉把两个老人之间的感情视为"毫无意义的纠缠"，并为此莫名地气愤、焦虑，牙肿痛得愈发厉害。经过几天的心灵煎熬，他就终于向文婷提出了接母亲回家的主意。而随后，度过了刻意冷漠期之后的文婷则毅然做了哥哥这个主意的执行者。精神连体生物再次"团圆"了。

　　曹兴汉的这个大转折，改变了故事的走向。前半篇的根本叙事动力是曹兴汉和文婷之间的矛盾，到这里，就变成了曹兴汉、文婷两人作为一方，和母亲之间的矛盾（当然文婷和曹兴汉——其实是和嫂子桂凤，也依然有矛盾），或者说是和肖科长的矛盾，更准确地说，是曹兴汉和两个老人之间那若有若无的感情，产生了不可调节的矛盾，于是坚定地走到了妹妹文婷的"阵营"。这个转折的实质，就是肖科长在曹兴汉的眼中，也是一个难以容忍的"外来者"！他和桂凤的夫妻关系，他自己并不觉得或不很觉得是对精神连体生物的侵犯，但当他看到母亲和肖科长的亲密举动、情感交流时，他愤怒了，其实是他代表精神连体生物愤怒了，精神连体生物以他为肉身愤怒了。此前他从来就不曾剥离过精神连体生物意识，从他和妹妹的交往模式就可以清楚地看出这一点。但是由于桂凤的存在，由于母亲和桂凤的矛盾，他在处理送母亲住进敬老院这个问题时，精神连体生物意识稍稍受到了一些有效的抑制，也因此和有一个"没啥说道"的丈夫、精神连体生物意识从未受到过有效抑制的妹妹发生了矛盾。可是当他看着母亲和肖科长手牵手，感到浑身不自在的时候，被抑制得有些昏昏然的精神连体生物意识就忽然咆哮了，这个精神连体生物左右了曹兴汉的思想和行动，也左右了曹兴汉母亲的命运，"它"用曹兴汉和文婷的手，硬生生割断了作为这个精神连体生物一部分的母亲与精神连体生物

"外来者"肖科长之间正在蓬勃生长的健康突触。

另一边，肖科长的女儿将肖科长视为一个"只要活着就能领到退休金"的长期提款机，这是一种更加粗陋、直白的精神连体生物意识，她也反感曹兴汉的妈妈贸然闯进她主导的这个精神连体生物。曹兴汉在心里对肖科长的女儿的评价是："厚颜无耻"。他却不知道，当他为母亲和肖科长的牵手而愤怒、浑身不自在时，他就和肖科长的女儿有着一样的行动逻辑了——精神连体生物的行动逻辑。

母亲住到女儿家之后不久，无论怎么痛哭恳求也见不到这个老太太的肖科长去世了。得不到肖科长任何音信的曹兴汉母亲，越来越焦躁忧愁。当她终于听闻肖科长去世的噩耗，激动哭闹得被送到医院注射了一针镇静剂才安静下来。因为这一针镇静剂，曹兴汉生了文婷的气。文婷也在这一连串的变故之后失去了道德伦理的自信与自得，她几乎什么都不敢再说了，而且迅速地衰老了。到了初春，兄妹俩又商量着送母亲到了那家敬老院住，而且又住在了原来的那个房间（我们还记得房间号是103）。这是这个故事里"送不送到敬老院住"的最后一次转折，到了这个时候，关于这个选择，已经不可能再有谁是赢家了。如果以开篇时的矛盾来论，那么是主张送的曹兴汉赢了。如果以篇中处的矛盾来论，那么是希望留下来的母亲赢了。然而到了这个时候，他们全都输了。依然整洁漂亮、热热闹闹的敬老院，依然是那

个熟悉的房间，却永远不再有呼唤着曹兴汉母亲的卧床老头
儿肖科长了，也就什么都没有了。不久后，一场流感夺去了
曹兴汉文婷兄妹俩母亲的生命。或许从这个情节来看，关于
送不送母亲到敬老院去住的选择，最后还是证明是送到敬老
院去住这个选择错了。可是每个读者都能想得到，这个老人
最后的几个月（在作品中自从那一场哭闹之后，就是"失
语"的了），虽生犹死。所以夺去她生命最后力量的不是流
感，更不是敬老院，本来作为中心问题的那道选择题，其实
已经不重要了，真正重要的是那道选择题背后的伦理陷阱。
家人的矛盾、外人的议论等，都是表象，实质就是家族精神
连体生物的无形力量。家族精神连体生物有着保存自己"生
命"与完整的本能与能力，却不会保证自己的每一个"部
分"不死，无论是精神，还是肉体。它说到底只是非理性地
束缚住家族中的每一个生命，按照在传统乡土社会中进化
成的"基因"去执行一定的程序。在这个故事中，它胜利
了，然而它的胜利带给自己的也只是破灭或损毁。然而这个
"它"其实是什么都不知道的，真正的悲剧和恐怖之处，是
本来应该有理性、有人类健康情感的人，一个一个被无理性
的"它"控制，为了"它"而绞杀了自己的同类、亲人，却
不自知。东汉民歌《孔雀东南飞》写的是精神连体生物意识
凭借礼教的力量，也凭借焦母的手，绞杀了坚守夫妻情感的
焦仲卿夫妻。这在传统乡土社会里只能是一首隐微而无奈的

绝唱。《敬老院的春天》写的是一场精神连体生物意识凭借儿女的手绞杀了母亲的惨剧，在旧礼教早已湮灭、新的生活方式基础早已稳固建立的时空中，作家能够把这个悲剧写得更加显豁、震撼，读者也理应从这个悲剧中获得教训和"净化"。与《敬老院的春天》相比，《孔雀东南飞》的故事过于简略，长处在于抒情和渲染以及浪漫主义的情怀，因此是诗而非小说。《敬老院的春天》是小说，而且是成功的小说，长处在于情节的一个又一个波澜，每一个波澜都是前一个波澜的自然继续，又比前一个波澜在意义上再推进一层。读者读罢原作全篇，都会感到在这一万多字的篇幅里承载了很大的思想与情感重量，而叙事又不仓促，细微处尤见字斟句酌。当然，不是每个读者都能这样从理论上理解每个情节的意蕴，本来也不应该每个读者都这样做，但是每个读者都能从这篇小说获得自然可信的阅读感受和震撼灵魂的启发，这就够了，我们无论拿来什么理论分析，也无非是试图解说这感受和启发的道理，即这篇小说为何能浑然一体，又变幻莫测，也就是说，如何做到了"咫尺兴波"最难做到的"整饬肃穆"。现在我们知道，整饬肃穆的情节艺术背后，是作家对人心、对生活的洞察力在支撑着的，他将一个故事写成了一篇咫尺兴波的小说，是因为他"透视"了这个故事。

三、余音绕梁

短篇小说如何结尾，也是一门探讨不尽的学问。我们在前面谈《小赖》这篇小说时曾说过，其中哪些地方是有一些作家会结尾，其实不应该结尾，而我们的作家确实不曾在那里结尾的，也讨论了之所以如此的原理。那么合适的结尾，又该是怎样呢？作家和评论家们有着种种的说法，但"余音绕梁"这一句话，我想大概谁都会赞成。可是难也就难在这里。"余音绕梁"这个典故本来就出自《列子》的一个神话，现实中哪会真有这样的事呢？就说小说吧，最后一个标点符号画完了，究竟如何能继续给予读者"余音"的享受呢？有的人觉得"开放式结尾"是个好办法，我不告诉你真正的结局，你总会想一想吧？其实从读者的角度来说，一个最终也无结局的故事，可能是忘得最快的，因为读者的理解是必得有一个支点的。好的开放式结尾当然也有，但现在很多作家是用得太滥了，不是按照作品的自身情节规律运用，而是当成"灵丹妙药"似的技巧去炫耀，就像舞蹈家说的有些年轻演员不琢磨舞蹈作品表现的意义、美的规律，上台来就是一个"朝天蹬"、一个"大劈叉"，那舞蹈就变成"绝活儿展示"了。此外像"戛然而止""卒章显志"等技巧也是如此，技巧本身不是不好，但作家真正的功力不在炫技，而在合于具体作品的美学规律。夏鲁平短篇小说的结尾就是很见功力的。我们已经说过的两篇小说《小赖》和《敬老院的春天》，《小赖》是以"小赖叹了一口气：我的肩膀怎么能随便说拍就拍呢！"结束的，而《敬老院的春天》的结尾是这么写的：

> ……母亲在敬老院染上了流感，几天来一直高烧不退，曹兴汉心急如焚地上着课，打算下了课就去敬老院帮母亲采取措施，忽然就接到文婷打来的电话，曹兴汉喂喂喂了好几声，也听不见文婷说话，曹兴汉的心猛地提到了嗓子眼，就听见文婷喊了一句，妈！
>
> 妈怎么了，你快说！
>
> 妈，妈，妈她……
>
> 文婷已泣不成声了！

这两个结尾的风格或者说"技巧"显然是很不一样的，因为故事的色调和主题本来就是不一样的。《小赖》可以说是一出"闹剧",而《敬老院的春天》却是一出悲剧。所以《小赖》的结尾小赖那句话可以说是小赖自己给自己的一记耳光,就小说来说,是"点题"的一种方式。而《敬老院的春天》的结尾,则是以"不忍言"的方式交代了情节的最后一幕。但两个结尾也有一个共同点,那就是都照应了小说最重要的元素,从而给小说以完整感。《小赖》照应的是"拍肩膀"这个元素,《敬老院的春天》照应的是"敬老院"这个元素。

我们再来看看夏鲁平另外一些作品的结尾是怎样的。《一件粉红色羊绒大衣》是一篇颇有"量子感"的小说——我的意思是说,这篇小说中最重要的一个物件——一件粉红色羊绒大衣,其存在方式似乎会随观察者变化而变化。当然,在这篇小说里写的不是这样一个物理物件,而是一个心理事件。神秘而美丽的新同事苏小眉的到来改变了"我们处"的生态,她(据处长单独告诉"我"说)丢失了一件粉红色羊绒大衣,则让"我"有些惶惑,但是,苏小眉本人看起来却全然是若无其事。作为办公室资深骨干的"我"因为工作中与苏小眉合作较多,比起别的同事来,也就和她更熟悉一些,聊得也多一些,后来苏小眉还把她以前写的诗给"我"看,"我"不着边际地夸了几句,却看到苏小眉的脸红了。这些都让"我"心里萌生了一些不可告人的小心思,但又想到自己有可能在不久后晋升为副处长,现在正是"关键的时候"，所以只能先压抑着自己的"非分之想"，多考虑"正事"。可就在这时，"我"居然在自己的办公桌小柜里发现了一件粉红色的羊绒大衣！"我"从此锁起那个柜门不敢再开，每天心里揣度着到底是谁这么陷害自己，坐卧不安，也因此耽误了工作，年底考评时未能如愿晋升，而苏小眉却调到了"人人都羡慕的部门——人事处"。第二年，处长调离，新处长组织清扫办公室，"我"终于趁着别人不在时再次打开了那个办公桌柜门：

　　柜门敞开后，有几只飞虫从柜里灵巧钻出来。我伸手去摸那件粉红色羊绒大衣，居然没有摸到，我立刻搬开椅子，蹲在小柜旁，往里看，没有什么粉红色羊绒大衣，里面堆的都是些用不着的破书旧杂志。奇怪！我惊讶之极，站起身感到很茫然，我现在真的拿不准过去小柜里究竟有没有那件粉红色羊绒大衣。

　　下午，苏小眉来了，她告诉我，她们人事处一位主任科员调我们处当副处长，然后她又对我说，她已经不写诗了，准备写小说。

　　这个结尾写了很"跳跃"的两件事，虽然发生在一天里的上午和下午，但却不在一个连续的因果链里，也就是说，不是因为上午"我"惊奇地发现了小柜里的东西和印象中完全不一样，才有下午苏小眉的到来以及她说的话。但是，下午的情节，作为结尾很重要。从行文感觉来说，苏小眉和一件粉红色羊绒大衣、办公桌、副处长，在小说中都是最夺人眼球的"意象"，如果结尾只交代了办公桌和一件粉红色羊绒大衣，却不交代苏小眉和副处长，会让读者觉得前文的很多铺垫都失去了意义。苏小眉在结尾的露面和副处长人选的透露是事关全文结构的重要照应。尤为重要的是，从主题来说，这篇小说写的其实是过去不健康的官场作风如何造成办公室生活的"暧昧"和"奇诡"，表现就是每个人、每件事似乎都有着隐藏的神秘之处，都不是看到的那样简单，都有猜不透的"门道儿"，人们的一言一行似乎都"另有深意"。整篇小说都是笼罩在这样的"气氛"之中的，所以选择了"第一人称限知视角"，以作为"当局者"的"我"的观察来讲述故事，而这个"我"又有很多事只能自己"猜想"。"我"的猜想几乎都是关于"晋升"的，一件粉红色羊绒大衣丢失的事件和"我"看到其在"我"办公桌小柜里，也都是作为"晋升"这个课题的分支存在于"我"的思考与叙述中的。处里的每个人，甚至是处长，都因为与"晋升"的利害关系而进入"我"怀疑的视线中，却只有苏小眉不在其列。因此，在"我"发现办公桌小柜子中居然并没有一件粉红色羊绒大衣之后的震惊之时，苏小眉的"突然"到来，以及她说的那些话，就也都染上了说不清道不明的"阴谋论"色彩。整个事件的"真相"也许很简单，也许很复杂，但补上了这最后一笔，至少在"我"的心中和眼中，过往的种种就不是一个"谜"了，也可以说，更是一个"谜"了——这种矛盾的心理世界，就正是这篇小说披露给读者的现象。

《楼上那人是老外》写的是因为楼上搬来一个租房的外国人，而让楼下的夫妻发生越来越激烈的家庭矛盾，终于在一次彼此都有些尴尬的事件之后，默契地闭口不提楼上这个特殊的邻居，连楼上逐渐开始制造噪音，也默默忍受着，谁都不提，但终于有一天，深夜里的噪音让夫妻俩忍无可忍，无法再假装楼上那个老外不存在，这才都开口说了句"太不像话了"，故事的结尾是：

> 第二天早晨，我们敲响了楼上的房门，听到里面传来拖拖拉拉的脚步响，妻子就用她那好听的英语说话了，说得那拖拖拉拉的脚步戛然而止，好半天也不出声了。那老外可能正从猫眼看我们，我有些怒不可遏了，再次敲响了房门。
>
> 门打开了一条缝，伸出一张蜡黄的老妇人的脸。我说，那老外呢？我们要跟那老外说话。那老妇人显然莫名其妙。她说，什么老外？我昨天刚搬来，什么都不知道！

这个结尾可以说是全篇的神来之笔。门里门外，两个世界，互相想象，互相猜测，谁也理解不了谁。夫妻俩回避着楼上那个老外的存在，又始终强烈地感受着那个老外的存在，表面上越回避，内心其实感受得越强烈，而感受得越强烈，就越要彼此表现得好像其并不存在，以至于，其到底在什么时候真的不存在了，都不知道，还一直在和那个他们以为存在着的老外痛苦地较着劲儿。小说里前面写的那些家长里短、鸡毛蒜皮，都因为这个写得不动声色的结尾，而瞬间活起来了。

是的，好的结尾，"绕梁三日"的结尾，其实就是让全篇"活起来"的结尾，也就是"画龙点睛"的结尾。"画龙点睛"也是一个神话，"绕梁三日"是关于音乐的神话，"画龙点睛"是关于美术的神话。这些神话都是古代中国人真实艺术体验的描述，只有这样的神话描述，才能最准确地表达艺术给予我们的感受。用来描述好小说的结尾之所以也恰当，就是因为这个结尾能让整篇小说中我们已读过的那些文字在这里以一种意想不到的方式，忽然一起再次呈现，在那一刻，整篇小说都不一样了，甚至，整个世界都不一样了；这个境界在我们合上书页之后还会依然存留着，当我们有时候因什么契机回想起这篇作品的时候，还愈发鲜明。"小赖叹了一口气：我的肩膀怎么能随便说拍就拍呢！"几乎就是小赖这个典型形象的一切，他的过去，他的现在，他的未来，他的神态，他的心地，我们从这一句话仿佛将这个人里里外外看得透透的。文婷的泣不成声让《敬老院里的春天》这个悲剧无遮无掩地暴露在那里，再无丝毫安慰的雾气或霞光。《一件粉红色羊绒大衣》的结尾却给雾气重重的第一人称叙事再添些浓雾，仿佛叙事者有着无数的话想说却又无从说起，既狡黠又迷茫地看着读者。"那老外呢？……什么老外？"说不定当我们什么时候蓦然发现自己纠结了很久还在纠结着的一个事或物，其实原来早就连影子都已经不复存在的时候，会忽然自嘲地想起小说里的这两句话，会心地苦笑。这就是好结尾的魅力。这魅力不是凭着什么"独门秘籍"的技巧而获得的，如果说技巧，那很简单，就是照应全篇、自然严谨。但是，如何才能照应全篇，如何才能自然严谨，却是必须理解具体的"这篇"作品、"这个"故事，才能够达到的。我们讨论了夏鲁平短篇小说在情节范畴里的三个艺术成就，其实是从三个角度来赏析，在作品中，这三个成就是一体而不可分的，从根本来说，都是作家深入观察生活、遵循小说规律的成果，再进一步说，小说的规律其实也无外乎是人类生活深度规律的映射，情节的艺术实在就是在透视了自己所要讲的故事之后，"常行于所当行，常止于所不可不止"。夏鲁平短篇小说中的佳作，是达到了这样的境界的。

中　编
人物艺术论

一、层累地"识人"

小说以塑造人物为枢纽。这句话很多人不理解、不认同。他们觉得我们看小说看的是故事，或者看的是思想，为什么塑造人物是枢纽？但我们可以想一想，我们现在回忆喜欢的任何一部小说，先在脑海中浮现的难道不是一个一个的人吗？我们甚至一下子想不起来这个人都做了什么，但却会想起那个人或那些人，仿佛是我们的熟人一样。说到《红楼梦》，您先想起来的是"群芳夜宴""食螃联句""葬花"？还是贾宝玉、史湘云、贾母、林黛玉等人？说到《射雕英雄传》，您先想起来的是"密室疗伤""烟雨楼混战""花刺子模之战"这些热闹的情节，还是郭靖、黄蓉、洪七公、成吉思汗这些人物？说到《悲惨世界》，您先想到的是"爱""宽恕"或"金钱社会的罪恶"这些深刻的主题，还是冉阿让、珂赛特、沙威等人物？大概还是后者为多吧。情节是最能让我们记住人物的，但记住人物之后，就往往记得比情节还深。道理、社会现实，是情节和人物共同承载的，但是只要我们记得人物,作品传递给我们的这些精神的财宝就会随着我们自己阅历与智慧的增进,源源而来。所以,塑造人物应看作小说家的"硬功夫"。

塑造人物有许多种方法,适应种种的故事与小说观。英雄传奇小说的作家一般喜欢让读者迅速了解人物最重要的性格与特质,然后不断强化读者的第一印象,这也有利于读者把关注的重点放在传奇的故事情节上,追寻这样一些人物都有哪些奇遇,又做了什么了不起的事业。近代作家喜欢体现人物的"成长",让读者看到人物随着故事的发展如何变化,他们表现的是在时间与空间中"流动"的人物像,体现了人类走出村社生活后的人生新感。现代主义的作家们也许到小说的最后也不给读者一个清晰明确的人物形象,让读者有充分的空间去参与创造,并以此隐喻工业霸权时代人的处境。

夏鲁平写的是"你邻居家的故事",在他的小说中,我们认识一个人物,就像在生活中认识一个人一样,是慢慢地认识的,可以称之为"层累地识人"。这和英雄传奇小说的"亮相式"识人当然不同,毋庸赘言,而其与近代小说"成长式"识人以及现代主义作品的差别,还应略做分辨。"成长"是说小说中的人物自身变化了,其实读者还是很早就知道他或她是什么样的人,只是随着这个人物的经历,还会变成另外样子的人,读者也是读到其变化了之后,才又认识了变化后的这个人物。而在夏鲁平的短篇小说中,随着阅读而"层累"的是我们读者的认知，人物则常常是不变化的，所以说这和我们在生活中识人的过程很一致，往往不是一个人变好了或变坏了，而是我们在和一个人的来往中一次次克服之前的误解和偏见，越来越全面、恰当地认识一个人。另外，这也和短篇小说的体裁相适应，表现人物形象的变化，还是以长篇小说为佳。现代主义小说家创造的人物也在反复挑战读者的第一印象、之前的认识，但是这并不是"层累地"，现代主义是拒绝"认识的上升论"的，他们的哲学是"认识的不同论"，后来的认识并不比之前的认识高明或正确，只是足以证明之前的认识并不可信而已，毋宁说这也反讽地意味着新的认识一样不可信。而夏鲁平的小说人物形象并无这么高深莫测，我们读完一篇小说，是能够了解这篇小说中的主人公的，阅读的过程，也正是越来越了解的过程。现代主义小说家自然有他们的道理，即人性的奥秘我们至今远未穷尽，我们其实不真正了解任何他人，也不真正了解自己。但是，夏鲁平的作品也自有其道理，我们的生活总是建立在我们多少能够把握世上种种人物行事与思维的脾气习性、能够把握世上种种事物的大体规律这些基础之上的，而我们认识的大多数人，日常行事也总有其一定之规，喜怒无常、总是出乎意料的毕竟少见。这就像物理学的道理一样，虽然现在的微观粒子研究似乎已经挑战了我们的全部物理常识，但我们的日常生活、生产，还是以信任牛顿力学等经典物理学知识为好。

在我们讨论过几篇的夏鲁平小说作品中，小赖、曹兴汉、文婷、《一件粉红色羊绒大衣》中的我、《楼上那人是老外》中的夫妻，我们都是这么"层累地"认识的。比如小赖，我们初识他的时候，他是个"扎眼的机关"里左右逢源、自得其乐的"老油条"，虽说不来怎么好，但也说不来不好在哪里，然后我们了解了他的过去，感到既同情又惋惜，随着他混得风生水起，又觉得有些可气可笑，最后，当他因为郝处长再次拍了拍他的肩膀而苦不堪言，这个形象在我们的鄙夷与深思中完成了，我们认识了这个小赖，也认识了现实中可能也会耳闻目睹到的一些"小赖"。我们是一点点认识的，因此读后的印象也很稳实，不容易轻易忘记。

"层累地"这个副词，是从历史学顾颉刚先生的文章里学来的，他有"层累地造成的中国古史"这句有争议的名言。他的观点究竟有多少正确之处，不是我们在这里讨论的话题，但是他的分析思路却于我们理解小说有益，历史不见得是层累的，但小说的写作和阅读却的确是层累的，从我们文学研究者的角度看，顾先生很像是将真实的历史当成创造的小说理解了。小说的层累式人物形象塑造是这样的：这个人物形象的"过去"，是在文本的"行进"中逐渐创造出来、丰满起来的；已写的情节中所展示的人物性格，不是在后来的情节中给否定了，而是一层层累积起来了；越是"深度"

的性格与情感，越是在后来的情节中"生成"的。开篇处的人物形象简单明快，但只是一个雏形、一个"可能"，读到后文，人还是这个人，开篇处的形象并不是不可信了，只是更加明确了，更加充盈了，也更加固定了。好比一个人远远走过来，形象在观察者眼中就变得越来越清晰、丰富、稳定一样。这是一种文字的"透视法则"。

夏鲁平有一篇小说《高武》，因为是一篇以人名为题的"写人小说"，所以适合作为理解他的人物塑造艺术中"层累地识人"这一特质的一个范本来看。小说的第一句话就很能体现这个特质，甚至可以看作一种写作的"自喻"："我始终认为，我与高武相识是从那天开始的，在那天之前他给我的面孔还非常陌生。"在作品的文本"时间起点"（"那天"）之前，高武和小说中的"我"仿佛是陌生人，而高武与作为读者的我们，的的确确是陌生人，然而在小说的后文中，我们其实会知道这个文本"时间起点"前，高武许许多多的情况。就这个虚构的人而言，他早在文本的"时间起点"前就存在、活动了好久，但是就这个人物形象而言，他的那些过去却是在这个"时间起点"之后才一点一点积累成的，我们在文本中看到的其实是这个"人物形象"，而那个"人"，是凭借我们读者的想象力、归纳力而得以存在和活动的。基督教神学中有一个烦琐的辩证：上帝创造的第一个人——亚当有没有父母？有没有童年？如果机械地理解《创世纪》的文本，那答案当然很简单，亚当怎么会有父母和童年呢？但博学深思的神学家会提出质问：《创世纪》里哪句话明确地说了亚当是无父母、无童年的？如果说这个质问是有点儿"抬杠"的意味，那么在这个质问深层那个更根本的质问则是严肃的、学理的：既然神学定义亚当是"第一个人"，那么他就应该是一个完整的、真实的人，而在这个"上帝创造的世界上"，任何一个完整的、真实的人都是有父母、有童年的，就连"道成肉身"的耶稣，作为"百分之百的人和百分之百的神"，也有父母，也有童年，所以如果亚当没有父母、没有童年，"人生"从青年开始，那他何以为"第一个人"呢？这样的"人生"又何以为"人生"呢？当然，这样的辩证必然会遇到不可解的另一个逻辑悖论：如果亚当有父母，那么他的父母就是比他更"早"的人，他又何以为"第一个人"呢？这个悖论，在神学中被称为"亚当悖论"，在语言逻辑中可以称为"第一个人"悖论。有一派现代神学家就认为，这个悖论的原因在于《创世纪》作为童话体裁的"神启之作"，只能以这样的童话方式表达不可表达的"心灵历史"。这样的解释，就和文学创作的道理直接相通了。文学真的就是只能以文字表达所能实现的方式（理论上称为"线性表达"），来表达现实世界中的经验。作家"创造"一个人物，这个人物就从"创造"的那一刻才"诞生"，但是，同时，他又在"诞生"的那一刻就是"早已诞生"的，除非是那些从主人公的出生写起的作品。现在我们再来读一遍《高武》这篇小说的第一句话："我始终认为，我与高武相识是从那天开始的，在那天之前他给我的面孔还非常陌生。""那天"是故事的起点，是"我"认识高武的起点，也是读者认识这个虚构人物的起点。

"那天"发生了什么呢？事情仍然是"寻常"的小事。单位分大米，高武热情地帮助住在六楼的女同事扛大米，结果自己的大米却扛不动了，于是求"我"帮忙，两人一起抬着大米上楼——他自己也住在六楼。这个过程，既包含了共同辛苦的劳动，又因为每层楼都要休息一会儿，而且越到后来休息的时间越长，因此使得"我"和高武的关系不知不觉地拉近了，高武对于"我"来说从一个陌生人变成了一个至少是"认识的人"。就在这个过程中，小说插叙了高武此前几天的"存在方式"，也可以说是在"那天"之前，高武对于"我"来说还非常陌生的时候，"我"对高武的印象。为什么"非常陌生"却还有这么多印象可说呢？因为"非常陌生"不是真的不认识、不知道，而是"视如不见"，不知不觉中积累了许多印象，这些印象本来不会在思想中形成什么结构，零碎地堆积在广大的记忆仓库中的这个那个角落。正是因为"那天"高武从"陌生"变成"相识"，"我"记忆仓库中这些不起眼的碎片才会自然地组合起来，形成了"叙述"。所以，这样的"插叙"安排也是和人的正常心理规律相符合的，叙事条理浑然天成。

原来，高武是刚到这个单位的新人，他作为"陌生人"留给"我"的印象主要是三个：一，长相不太让人喜欢亲近；二，喜欢主动找机会与同事长谈，谈过之后大家都说他是个不错的人；三，学历在这个单位是最高的。经过一起抬大米的经历，这些印象这样拼成了图：因为长相不太让人喜欢，所以主动找机会与同事长谈，而大家说他是个不错的人，也和他学历高有关系。这个"理解"又和当天的事情结合起来，"我"认为，高武也是为了赢得大家的好感，才"逞能"帮女同事扛大米。这时候，我们这些读者也形成了关于高武的基本印象：一个单位"新人"，努力想让同事喜欢自己、和同事搞好关系。另外，小说中还写了高武和"我"抬大米时说的一句话，这句话"我"似乎没怎么往心里去，但却会影响到读者对高武的印象，高武说："两人抬，要比一个人抬还要费劲儿。"作为一个努力想和同事搞好关系的人来说，这句话可真是太不合适了。我们会在关于高武的最初印象里加上一点：虽然喜欢和人长谈，但实在有些笨嘴拙舌。

那么，为什么在和他长谈过之后，大家又都说他是个不错的人呢？或许"我"的亲身经历和感受能解答这个问题，两人抬大米中间休息的时候也会说很多话，高武不停地讲自己"从农村到城市的奋斗史"，而且"讲得很兴奋"，这让"我"觉得"他对我很友好，我们之间的距离好像拉得很近"。也许其他的同事也是这样的心理吧，无论高武说的话是否有适当的技巧或礼数，但是他主动找机会兴奋地、滔滔不绝地给一个同事讲自己的奋斗经历，本身就会造成一种友好的、亲近的氛围。可能在这个心理机制中，高武的"笨嘴拙舌"还起到了好的作用，如果是一个伶牙俐齿、夸夸其谈的人这么做，会让人觉得是炫耀，会反感，而恰恰是这么一个不怎么会说话的人，这么做会显得特别的真挚。高武和"我"抬完大米后，还"偷偷告诉我说，他有心脏病"。这样的交流可能更让"我"觉得和他是"自己人"的关系。而我们从随后的情节中也知道，高武也告诉过很多同事这个情况，因为当他在回到办公室后说自己心跳频率的时候，就"有人接过话茬说，七十下不是很正常吗？说明你的病好了"。总之，在我们的印象中，高武请"我"帮忙，两人一起抬大米的这件事，应该就是高武"总是主动找机会与人长谈"的又一次，而"我"也和别的同事一样，这次长谈之后，才真正开始"与高武相识"了。

接下来的几天，高武和"我"说的话主要还是自己的心脏病，而"我"也许表达了比那些说"说明你的病好了"的同事更加关怀和真诚的态度，比如说了如果高武不愿意去医院，自己可以陪高武去。就在"我"表达了这样的关怀和真诚之后，高武立刻做了一件大幅提升两人关系的事——小说全篇都是从"我"的视角叙述的，所以这里我们仍然不能确定高武这么做是有意的还是凑巧的——他嗫嚅着向"我"借了五十元钱，说是请外地来的同学吃午饭，而到了下午，就还了这五十元，说同学抢先买了单。卡耐基在《人性的弱点》里说让一个人帮你一点儿小忙，是和这个人建立友好关系的好办法，不论有意还是凑巧，高武这五十元的一借一还完美地用上了这个办法，而且效果的确好，在"我"心中，此后"我成了高武身边最亲近的人，他似乎无话不跟我说"。因为，在这个"一借一还"里，既明确了"我"是高武情急无奈时愿意信赖和"欠人情"的那个人，又建立起了彼此的信任，而且高武开口借钱的一刻等于是毫无遮掩地在"我"面前暴露了他自己的弱势，又让"我"毫无代价地获得了慷慨、有能力这样的自我评价。如果是一借不还，那大概就容易变成结怨了，但当天就还钱，却可以说是完美了。说到"弱势"，的的确确"我"就在这个过程中像在帮高武抬大米的时候一样，又想起了"我"所记得的一些"陌生人"高武的事，本来无意义的记忆碎片又组成了有意义的"故事"：高武此前除了上学，只做过两年教师，所以没什么积蓄，来单位的第一天还是一身学生打扮，"自己也觉得不对劲儿"，很快买了一套新西装穿上（这既说明了他的穷困，也说明了他的单纯）；他还有妻儿在乡下，他每周来回跑也得花不少路费，有几周不回去了，上一次回去，再回来就连着几天穿高领衬衫，"我"不经意间发现他脖子上有挠伤的痕迹。所有这些关于"陌生人"高武的记忆，此时都在这个"相识"的高武形象上"复活"了，层累为这个高武的一个部分，而这次"记忆重组"的契机则正是高武开口借钱。记忆碎片组合而成的"故事"增强了高武已经在"我"心中、也在读者们形成的形象：憨厚实在、活得不容易却努力。

接下来，高武又向"我"说了一番"掏心窝子"的话，大意是说他研究生读了文科是个错误，应该沿着大学时的理科方向学技术，而他毕业来机关也是个错误，因为只有一点儿死工资。"我"看到他难受的样子觉得不是几句话能够安慰的，又觉得这样的情绪长期持续下去一定会影响高武的工作和生活，于是下班时就邀请他去喝酒。这时候小说里写了"我"的一句类似自我辩解的心理独白，很有意思："我的做法可以理解成拉拢一位不明真相的新同志，但我们单位并不复杂，我们没有阴谋诡计可搞，我们只需要对方支撑下来为自己谋点儿小利益而已。"可见"我"觉得自己是精明的，甚至觉得自己有点儿太过精明了，感到有些不好意思。在"我"的眼里，高武就是一个"不明真相的新同志"，自己这么轻易地让这个新同志成了"自己人"，都觉得自己好像在搞什么阴谋诡计，而自己心里也承认这么做有着"为自己谋点儿小利益"的想法。作为小说中的另外一个主要人物，这个"我"此时也渐渐在我们心中形成了一个比较清晰的形象：考虑机关里的人际关系比较多，又乐于助人，自认为是有着丰富"办公室经验"的老人儿。

"我"和高武喝酒的时候，一开始聊得有些冷场，但气氛却保持着愉快友好的状态，在这样的气氛中，高武忽然说出了一笔能赚钱的买卖。这个情节在读者看来可能是个惊奇，但又在情理之中，而且从高武讲的这个买卖的内容以及"我"的反应，今天的读者大概会忽然意识到一个其实在小说里也早有暗示的情况：这个故事发生的时间，是当年我国经济体制转换过程中实行价格"双轨制"、不少人想钻空子"捞一笔"的时期。果然后文就明确说了，"那是20世纪90年代初期"。高武说的买卖是他过去一个学生的家长能以国家价"搞到"一千立方米的白松，如果能联系到人以市场价收购，他作为中间人就有两万多块钱的赚头。"我"立刻表示自己认识需要木材的人。高武立刻激动得在桌子上搓出一小堆油泥——这个动作延续了我们熟悉的那个憨厚人高武的样子。他立刻表示事成之后和"我"平分那两万多块钱。

这篇小说中的第一人称叙事者，是以多年后回忆者的形象进行叙事的，也就是说，比之故事中的"我"，讲故事的"我"知道一些更多的事情，特别是关于那个时代的一些后来才意识到的事情，他说当时火爆一时的这类买卖叫"对缝"，而今天回头看，那时人们的狂热是不大理智的，大部分参与者只是白忙活一场。但是，当高武和"我"在酒桌上谈论这笔"对缝"的时候，却十分激动、满怀希望。"我"
当时就翻电话号码本，找电话机打给那个需要木材的人，确
定了对方确实会收购这批白松。高武此时显然就紧紧地跟在
旁边，所以原文中说，"我"一放下电话高武就"狠劲儿地
握住我的手说，这钱我们挣定了。我感觉他的手有点儿温热
有点儿潮湿有点儿抖动"。

至此，读者所认识的高武形象，可以说已经相当立体
了，在这个形象中层累了那个热心帮助女同事扛大米，然后
求同事帮着自己抬大米的高武，那个兴奋地滔滔不绝地给同
事讲述自己奋斗史的高武，那个担心着自己心脏病的高武，
那个嗫嚅着借钱的高武，那个刚到单位时穿着学生衣服、很
快买了件新西装穿上的高武，那个农村家里有妻儿的高武，
那个穿上高领衬衫掩盖脖子上抓痕的高武，那个说几个小时
后就还钱并说同学抢着买了单的高武，那个向"我"诉苦说
后悔进了机关的高武，以及那个激动得发抖地憧憬着两万多
块钱大买卖的高武。这些形象哪个也不因为另外的哪一个而
失色或失真，共同构成了一个如在眼前一般的平凡而又难忘
的人。

然而高武的形象在作家的笔下还在继续地层累着，我们
已经认识的这个人，继续做着我们想到他会做的事，比如急
不可耐地联系那个过去教过的学生，却又不敢随便离开办公
楼；他也会做些我们想不到他会做的事，比如他得到"我"

的暗中提点，以去洗澡为名义出去跑了一趟，回来居然真的头发湿漉漉的，而且编出了一大套洗澡时的"奇遇"，以免别的同事会疑心他跑出去到底是做什么。他的这个"心计"，真是既机智得让我们刮目相看，又憨厚得让我们啼笑皆非，可以看出在那个"对缝"成为"心照不宣"的事情的时期（小说后文中写到他在单位宿舍的同寝们看到一天晚上他喝了酒兴高采烈地回到宿舍，都知道他是"对缝"成功了），他是多么认真地害怕他"对缝"的事传出去，又多么害怕单位里批评他不务正业、随意旷工。由此我们再回想起前边的情节，就会发现其实这个人一直是同时具有"机智"和"憨厚"这两极的性格，他其实很会和人建立起友好的关系，但也真是把这件事做得认真到了有些傻气的程度。这个人的种种傻气的表现不是真的傻，也不是故意装傻，这是他生存的一种智慧，也是一种无奈，就是拼尽全力去用他行之有效的方法获得改变人生道路的机会。

"对缝"的事曲折地推进着。两人喝酒那天是星期四，高武以洗澡的名义跑出去联系学生是星期五，但这天并没有能联系到，周六是休息日（这里作家好像略有点儿疏忽，我国 1994 年 3 月起实行"单双周休假"，1995 年起实行双休日，而这时文中说的这类"对缝"热潮也淡出人们的生活了），高武在电话里告诉"我"，他联系到了那个学生并得到了肯定答复，当晚要去见那个学生。在这通电话里，因为

"我"劝高武应该回家看看妻儿，引出了高武的一番话。他先是告诉"我"，他不是不想回家，而是在忙着眼下的这件大买卖，所以连医院也没能去上。然后，他又沉默了半天，嗫喏地说了领导要给他妻儿办调转手续的事，问"我"应不应该给领导送礼？如果不送，觉得对不起领导，他不但要送，而且要把这次挣到的至少三分之一都送给领导！可是要送呢，又怕领导会烦。高武这翻来覆去的话似乎说得"我"都有点儿烦了。这时高武又说，这个买卖做完之后，还有一个更大的买卖要和"我"合作，那个买卖估计每个人能挣到五万。然后，高武说了一句大概会再一次出乎读者意料的话："等咱俩做完这两笔买卖，我就什么也不想了，我就集中精力读博士，不然我会觉得生活没意思，反正我这辈子要跟学历拼到底了。"

关于送不送礼的反复磨叨，再次地也是更强烈地表现了高武兼具"机智"和"憨厚"的特点，他的憨厚不是因为想得少，而是因为必须不折不扣地做精打细算之后决定做的事。他说的挣钱后的计划，却是透露了他的一个新的面影，我们此前知道他的生活处境使他必然地需要钱，我们还知道他之所以认为进机关工作是个错误，是因为机关的工资是固定的，这也是为何他会那么汲汲于"对缝"的事——这是他挣"活钱"的几乎唯一可能。可是我们不知道，他挣钱的目的却不是直接用于改善家里的生活，他把改善家里生活的希望寄托于领导"调转"他妻儿，而他（预想中）"对缝"挣来的数万元钱，在感谢领导"调转"他妻儿之外，却是为了他自己可以读博士。这个新的面影也层累到此前我们认识的高武形象上，他的"机智"和"憨厚"就又有了新的意义。这个新的意义如何看待、如何评价，我想读者们一定是见仁见智的，但是不得不为此牵动思绪和情感，却是读者们都一样的。

此后，高武生命中剩下的行动和遭遇都如同绞带的磁带，仓促、扭曲而短暂。星期六晚上，高武见了那位学生，喝了酒，当天晚上笑得合不拢嘴地回到宿舍，但是后背疼，同宿舍的人给他贴了风湿膏，他就睡觉了，半夜却号叫一声从床上摔下来，人事不省。人们赶紧抬他去医院，经过医生的抢救，他醒过来，星期日的中午，又擅自离开医院，匆匆忙忙回到乡下家里，住了一晚，星期一早晨，他租了一辆摩托车骑着追逐提前发车的回城面包车，追了小半个小时追到了，刚进面包车不久，却因为面包车遭遇车祸而不幸死去。

这混乱的三十多个小时，高武意识中的兴奋点无疑就是两个：家和"对缝"。他的意外死亡却结束了一切。而在死之前，他留给世界最后的形象不是病床上衰弱的病人，不是酒桌上或一顿酒之后激动得出汗发抖的"对缝"人，不是在办公室报怨生活的失意人，不是憨厚又机智地与同事拉近关系的办公室新人……他是一个在清爽的早晨骑着摩托车追上汽车的活力四射、身手不凡的年轻人，像香港电影里的街头英雄，这个蓦然出现在我们眼前的形象，也成了层累在高武这个人物最高处的形象。于是我们知道，那个憨厚而机智的、搓起酒桌上油泥的、嗫嚅着借钱的、头发湿漉漉回到办公室的高武，都是这个英姿飒爽的摩托骑士高武。

大多数普通人在一个平凡生活的短时间里，性格不会有什么大的变化，但他们每个人看似暧昧一团的"深渊般"的性格，却都是有着一个了解越多便越会"看到"的形象，他或她这一个短时间里复杂多变的行为，都是这一个形象的"变格"，我们从无数的变格层累地认识一个人的形象，又从这个形象，真正认识了这个人这个时期的生活中所有的变格。这或许就是"层累地识人"这一写人艺术的"人性观"根据。

二、言为心声

人物语言写得怎么样，也是小说家艺术造诣和艺术风格的一个表现。本节中我们集中地来鉴赏夏鲁平的人物语言描写。

还是先从我们讨论过的一些作品说起，因为这些作品的情节我们都已经熟悉了，可以在情节中理解这些描写。这里需要说明的是，夏鲁平习惯使用的是人物语言不加引号的格式，绝大部分作品中如此。我们引用时，为了突出人物的语言，会根据情况适当采用剧本式的格式来呈现。

《小赖》中写小赖的语言不多，除了我们已经专门分析过的那句经典的"我的肩膀怎么能随便说拍就拍呢！"之外，就是小赖刚刚选定了郝处长做自己靠山时，了解到了郝处长平时喜欢"良友"牌香烟，便特意买了两条去送给郝处长——

郝处长：（吃惊地）你刚上班，怎么买这个？

小赖：我不是花钱买的，是别人送给我爸，我爸不会抽烟就让我拿来了。

郝处长：你爸在家做什么？

小赖：乡里当书记。

小赖的谎话当然是在来送礼之前就编好了的，所以他的回答条理清晰、逻辑严密。他简单的几句话里包含了丰富的信息：第一，这烟是真烟，因为别人送给乡书记的烟不会是假烟；第二，这烟您要是不收下，就浪费了，因为小赖的爸爸不会抽烟；第三，这烟小赖的爸爸特意让小赖拿来，也体现了小赖爸爸的心意，既是教给小赖在外边工作得"懂事"的心意，也是希望小赖单位领导照顾小赖的心意，而小赖不送给别的领导，就送给郝处长，也体现了小赖视郝处长为"自己领导"的心意；第四，这烟不是小赖花钱买的，所以也可以不算是"不正之风"，说起来只是为了"避免浪费"。这么复杂的意思，小赖三十多个字就表达出来了，可见此时还是机关新人的小赖已经成了不正之风的"个中高手"了，所以在不正之风未得到严肃惩处的时期，他即使失去了郝处长这个"靠山"，也仍然很快地就又能春风得意。我们从小赖这简单的两句话，可以看出他这次送礼的处心积虑，也可以看出他心思的缜密、对处事分寸的把握、对社会上"潜规则"的得心应手。

《敬老院里的春天》中，人物语言的描写比较多，我们可以选择文婷第一次去敬老院向哥哥"兴师问罪"时，母亲、曹兴汉、文婷三人的几句对话：

> 文婷：妈，你如果在我哥家待得不舒服，你可以去我们家。
>
> 母亲：我哪儿也不去，我就喜欢这里。
>
> 曹兴汉：妈真的喜欢这里，妈来到这里情绪跟以前大不一样，和很多老年人交流，她不觉得憋闷。
>
> 文婷：（忽然捂住脸哭了）我知道妈想什么，妈是怕给我们添麻烦才安心在这鬼地方，妈是最心疼我了，妈不想让我遭罪，妈其实你这样让我心里很不安，妈我不想让人家说我是不孝顺的女儿，妈我知道你现在是一阵糊涂一阵明白，你现在比什么人都明白，妈我说你什么好呢！

这里，母亲和曹兴汉说的话，都是直来直去的，很简单地表达了自己的感受和认识。这是一种语言的原本状态。但是文婷因为此时特殊的心理处境，必须将他们（尤其是母亲）的原意表达曲解为非原意表达，所以她的语言呈现为复杂的结构。她见到母亲，说的第一句话不是"我认为您住在这里不好，希望您还是回到哥哥家住，或者去我家住"，虽然她说的那句话从"现实操作"层面来看表达的就是这样的看法和建议。她的表达方式是一个"表现为假设复句的让步复句"，虽然用了"如果"，但其实说的意思是"即使"或"就算"。那么她为什么还要用"如果"呢？因为"如果"在这里既能"彰显"她嫂子这个外来者的邪恶，暗示着无论母亲住养老院还是住女儿家，实际上都是被这个外来者"挤出来"的，却又能不构成真正的、直接的指责或"指控"，而仅仅停留在一个假设的程度。但对此她又没有任何真凭实据，所以只能用这样一种别扭的语法来曲折地表达，让哥哥能听得出来她的意思，却又没有可以反驳的"抓手"，真是"羚羊挂角，无迹可寻"了。后边的那一大段话，几乎每个小分句都是用"妈"这个字来开头，这样的超出正常语言交流必要的反复强调，对于母亲和哥哥来说，甚至对于她自己来说，都是起到强硬唤起精神连体生物意识的功能，这方面更显明的表现是她反复使用"妈你……""妈我……""妈……我……""妈我……你……"这种类似"固定搭配"的语言结构，催眠般地暗示不可划分界限的亲密关系。至于她在这段话中表达的基本语义，大的逻辑其实是很混乱的，不知是要说母亲为了女儿苦了自己，还是要说母亲为了自己而让女儿背上了"不孝"之名，所以最后一句落在了"我说你什么呢"；但是在这个大逻辑的小缝隙里，还是清楚地表达了一些东西，比如刚才说过的"不孝"之名问题，以及理所当然似的用"这鬼地方"来代指敬老院、用"心疼"和"遭罪"这样的词来描述儿女在家里赡养老人的事，都像刀子一样插在哥哥曹兴汉的心上，强行将哥哥的行动逻辑解释到这个"老人遭罪是为了儿女不遭罪"的伦理体系中，所以曹兴汉听完她这番话之后立刻就慌张了。

再来看看《一件粉红色羊绒大衣》，这篇第一人称叙事的小说里，一部分人物对话用了双引号直接引语的形式，但是写得最精彩的，是叙事者"我"的叙事语言，这个"我"比起《高武》中的叙事者"我"来，"人物性"要强得多，因为他本来就是这篇小说中塑造的主要人物，而《高武》中塑造的主要人物则是高武。因此，《一件粉红色羊绒大衣》其实可以说全篇都是"人物语言描写"，即描写"我"这个主要人物的语言。这个人物的语言或许说出了《小赖》中小赖的很多心里话，我们看小赖，是和作家一起从外边透视的，小赖说的话很少，而且大多是经过精心修饰的谎话。而《一件粉红色羊绒大衣》中的"我"则自己暴露着自己的想法、思考方式，比如他直白地说着自己对苏小眉的龌龊心思：

　　她把她的诗给我读，说明我们之间充满了信任和好感。我还有一种感觉，假使我来一次冲动把她揽在怀里她也不会拒绝或给我难堪，或许我们之间的关系会向前发展。

我害怕出现这样的结局，我现在非同寻常，我要很好地把握自己然后使办公桌有个彻底的改变，办公桌改变后再进一步发展关系也不迟，但现在要谨慎再谨慎。

当然，这不见得是小赖也有的心思，我们也不能随便栽赃小赖。但是下述念头，我们却几乎可以肯定是小赖心里也常转的：

老李在办公室里可谓资深年高。早在我们处长还没当处长时，他对处长的宝座就跃跃欲试。老李失败原因也许他至今也不明白，那就是他太爱占小便宜。……然而他自己感觉非常良好，对副处长的职位充满无限幻想，认为自己是最有资格的人选。自从小杨来到我们办公室，他一刻也没放松对小杨拉拢，像这样爱占小便宜的人三天两头领小杨上酒店或把小杨叫到家里喝酒眼睛竟然一眨都不眨，真叫我匪夷所思。时间长了，小杨也不拿老李当外人，哥们儿长哥们儿短地叫着。遇到老李这样知己，无形中显露出年轻人的轻狂。这是难免的幼稚

病。我恰如其分地利用小杨的幼稚为老李不知不觉
设置了一个又一个圈套。有那么几次，老李神不知
鬼不觉地跳了进去，苦不堪言时，我说了几句不疼
不痒的同情话，老李竟感激涕零。我时常为自己的
高超圈套很是得意。

这段话就是《一件粉红色羊绒大衣》全篇里"我"话
语风格的一个精准样本，从中我们可以看出这个人物是多么
热衷于并自以为擅长观察与解析办公室里的人际关系，又是
多么自以为是地评点着其他人的心计与失策。小赖的生活
不也是这样吗，每天最重要的成就，就是琢磨透身边的每一
个人是怎么回事，琢磨透了，自己心里有数了，就怡然自得
了，如果在此基础上自己的策略奏效了，那就简直觉得自己
像"安居平五路"的诸葛亮一样伟大了。这样的心态，在这
样的话语中就像在小赖送礼时那几句话中一样，表现得淋漓
尽致，只是小赖那几句话是露出水面的那冰山一角，而《一
件粉红色羊绒大衣》里"我"的这些话则是藏在海里的巨大
冰山。我们再来看看"我"这段话在语言上的特点，这方
面，最突出的就是长短句的搭配方式："我"的评点都是短
句，讲究个一语中的，比如"他太爱占小便宜""这是难免
的幼稚病"，语法简单，修饰语也简单直白；而在描述别人
的"丑态"时则是长句，句式繁复、成分冗杂、修饰花哨，

甚至有时候中间省去了停顿，我们读起来仿佛能够看到这个人物眇着眼撇着嘴的神情——尤其是如果我们在生活中也见识过这样的神情。

《楼上那人是老外》中夫妻俩的对话颇有神来之笔。这篇小说中的对话是以直接引语和间接引语夹杂、不加引号的格式写的，这里我们试着改写为直接引语，领略其中几个片段——

　　妻子：我又在楼里碰到那外国人了，那外国人好像认识我了，很友好地向我点头微笑，我想趁机跟他练习一下口语，就跟他说了一句。就那一句英语可不得了了，就看那外国人两眼一下子冒出了亮光，面部表情十分夸张地跟我说了一大堆英语，可我一句也没听懂，我越听不懂，那外国人说得越多，而且手也上来了，脑袋一探探地伸向我，搞得我很难为情，一步步地向后躲，最后不得不涨红着脸一个劲儿向那外国人摆手，逃走了。我没想到我的英语水平会糟糕到这种程度，也怪当时太紧张了，所有的词语一下子跑到脑后，这样哪能行，有机会我一定领冬冬上楼跟他练习练习口语。

　　丈夫：你要想练习口语还是到学校学，你领着冬冬上楼，万一遭遇骚扰怎么办？外国人跟咱们不一样，他们在男女事情上是很随便的。

妻子：（脸变难看了）你怎么能这么想问题，你把问题想哪儿去了，我看你比外国人还邪！

妻子热热闹闹地描述了一大堆，丈夫只回应了最后妻子很可能是顺口说到的一句话，而且是否定性的回应。妻子其实想和丈夫分享的就是她今天的奇遇，以及老外对她的热情，正是丈夫的始终冷淡沉默，才使得妻子有点儿尴尬地要给这番讲述找一个合情合理的落点。丈夫的沉默已经在暗示着"你为什么这么兴奋"这样的不满之意，所以妻子最后这句话也是给彼此一个台阶下，表示"我说这些不是因为兴奋，是想告诉你孩子练习口语的必要性和可行性"，想不到丈夫却给台阶不下，反而抓住最后这话，狠狠地顶了妻子一句。其实，丈夫回应的恰恰不是最后这句话，而正是前面妻子的那些描述。妻子兴奋地描述的时候，丈夫找不到一个合适的、体面的岔口发泄自己的不满情绪，最后妻子给的这个台阶却成了丈夫进行情绪反击的岔口。妻子对于老外和她打招呼、说话这件事的兴奋，触痛了丈夫的自卑感和不安感，但这又是些很不好意思表露出来的感受，只好以冷淡来应付，正好他的冷淡窘得妻子不得不以孩子练口语的新话题来结束这个冷场的话题，他便立刻接过这个临时话题，理直气壮地发表了看似是对外国人、其实是对妻子的批评。妻子无疑也很清楚他们现在真正说的是哪方面的事，所以会针对丈夫想问题的方式和方向进行激烈反攻。这番对话描写的精彩之处就在于两个人说的是很微妙的夫妻关系之事、男女魅力之事，可是意识到双方的争执之时，却都拿孩子来说事，就好像之所以争执，是因为关于孩子教育方法存在着不同的主张，然而，两人心里又都很清楚自己和对方生气全然不是因为孩子教育方法的分歧，甚至这个所谓的分歧根本就不曾存在。言在此，意在彼，短短的对话藏着很深的奥秘。

《高武》中的人物语言我们已经鉴赏过不少了，现在再来看看别的一些作品。有一篇小说《净水器》，写的也是一个机关干部不大健康的政治心态，小说里描写这个名叫李松的干部的语言，不是很多，都写得恰到好处，体现了这个人的圆滑和狭隘，比如他从办公室的年轻人李小东不像原来那样每天主动去水房灌满办公室的暖壶，想到可能李小东攀上了高枝，于是试探了一句："这你行了。"后来还说什么"你是铁板上的钉子，肯定没问题"。他自己觉得是说得既圆滑又犀利，但却足以暴露了他的狭隘鄙陋，及至李小东连说"听不懂"，他就又图穷匕见似的说了一句"我发现一般人鬼不过你"。话说得已经酸倒大牙，却还是绕来绕去，似乎自己什么都一清二楚，李小东的小伎俩在他这儿瞒不过去，也就是说，他是认定了李小东做了卑鄙负义的事了。这是他这一类人的说话方式。写得更好的是省委副秘书长和他父亲两人说的话。这位省委副秘书长是李松的表哥，也是李小东的球友。当李松感到自己的升迁遭到李小东的威胁时，还不知道李小东和副秘书长一起打网球的事，他想去表哥家求表哥给他说说话、帮帮忙，但表哥不在家，只见到了副秘书长的父亲，也就是李松的舅舅。舅舅从李松的神态看出了端倪，就和李松说："有些事不能强求，你还年轻，首先要把基础打牢。"他没说李松什么事要"强求"，也没说打牢什么"基础"，因为李松自己只说是来看看舅舅、看看表哥，那做舅舅的也不能硬说李松是为什么事来的，但这两句话作为舅舅和外甥闲拉家常，却是合情合理的，而又正说到了李松的心事上。但是可惜李松却无意顺着这个正路聊下去，他心里想的还是他那套非组织的做法。他知道也佩服舅舅看明白了他是为什么事来的，但是他觉得舅舅这只是在说"官话"，所以并不真心信服舅舅这句话，甚至并不在意这句话表达的思想。舅舅又说："你要是不在这儿吃饭，早点儿回去，不用等你表哥了，他什么时候回来还不好说。"这也是很符合舅舅身份的话，让也让到了，劝也劝到了，其实却是逐客令。既然舅舅猜透了李松的目的，也就没必要再让儿子回来听李松说那些话了。但赶外甥走毕竟有些生硬，有些伤人心，所以又补充了一句："你要是找你表哥有什么事，就跟舅舅说。"既替儿子挡了不正之风，也没有拒亲戚于千里之外，让李松不至于离开得灰头土脸。这个老人的话说得十分得体。第二次李松再去舅舅家，表哥还是不在，舅舅这次话说得更有意思："昨天你来的事，我已经跟你表哥说了，只要你表哥能办到的事，他肯定会帮忙的，舅舅这点儿面子还会有的。"既然李松不可救药，那就干脆给他一个说得过去的"答复"，毕竟这是舅舅和外甥的关系，不是讲大道理的关系，何况李松会说的大道理大概比舅舅多得多。"昨天你来的事，我已经跟你表哥说了"，这句话其实是很含糊的，到底是跟儿子说了李松"昨天来想说的那件事、想办的那件事"？还是只是昨天李松"来过"这件事？这是给李松留了余地，也是让李松无法深问。后边说的话，如果李松非得按着不正之风的想法理解成以权谋私的意思，那也只好说李松这种人的理解力就达到这样理解世界、理解社会的水平，没法儿强求了，而在正常的理解中，"能办到的事"当然指在合法合规范围之内的事。但李松还是要见表哥。舅舅只好说："晚上见到他很难，你最好明天早晨五点钟在体育馆网球场找他。"这其实是把李松算计中私密场合的见面，挪在了一个公众空间，把李松期待中蝇营狗苟的交往，变成了光明正大的交往，这样这次表兄弟见面如何交流的主动权，就在心底无私的表哥手中，而不在心怀不轨的李松手中了。第二天，李松在体育馆网球场见到了表哥，也见到了和表哥一起打网球的李小东，当时更是嫉恨交加，所以才有后来那句"我发现一般人鬼不过你"。表哥主动过来和李松说话，而且是亲戚之间说话的态度，而不是上级对下级的态度——在李松的理解中，就是"可能舅舅跟他交代过什么"，所以"从表哥的眼神中已看不出疏远的意味了"。表哥说的第一句话是："你的事我知道了。"这就避免了李松自己说想"进步"、想得到领导重视、现在有些年轻人不择手段往上爬等。有些事李松说了、请托了，就得条分缕析地给他讲解、与他辩论，甚至批评他，这些又并不是李松想听的，也不是副秘书长今天来和这位表弟见面的本意，毕竟李松还未实际做出什么违反纪律的事来，目前最好的办法是震慑住李松的那些错误想法，让李松自己"知难而退"，回到正道上。所以，副秘书长先用这句"你的事我知道了"预先制止了李松真的说出什么违反原则的话，而这样一来，关于"你的事"的定义，也就有了回旋的余地，可以不是那些请托的事，而只是工作中、生活中遇到的难事、烦心事。表哥接下来说："你应该把心态放平和些，急功近利未必是好事。"这句话的意思和他父亲曾经对李松说过的那句话是一样的，但说得更直接，而且从他口中说出来，也更有力度。但这句话仍然是给李松留了很大的余地，可以理解为，李松只是在工作中有急躁情绪而已。但这句话对李松来说却不啻是晴天霹雳，这不是他跑来体育馆见表哥想听到的话。到这时候，表哥也不得不说李松不想听到的话了，既然李松无论如何必须见这一面。这句话毕竟起到了应该起到的作用，让李松知道他想走的那条邪路就此崩断了。之后，副秘书长立刻又说了一句缓和的话："你放心，只要你工作干好了，有机会，我会跟你们领导提到你的。"这里他用了一个条件复句，而且是双重条件，既要"你工作干好了"，又要"有机会"，那么他也会"举贤不避亲"。这也就是他父亲对李松说的"你表哥能办到的事"，其实也确实是对李松最好、最真正有用的帮助，但是在李松的思想里，这么说就等于是拒绝了对他提供任何的帮助。这次谈话就这样结束了，从小说里看，李松在这次谈话里一句话都没说，但是我们可以合理地推想，李松总还是得说几句应景的话的，至少"谢谢""再见"这类客套话总是有的，不过小说里省略了这些话，却是更加突出了表哥这几句话给予李松的打击之大，我们完全可以理解为，李松后来又说了些什么连他自己都不知道了，所以在小说中没有记载。

我们总是说"言为心声"，这其实首先不是一个文学范畴里的术语，而是人类这个物种的"自然规律"，尤其是在近代心理学兴起之后，我们更清楚地知道，无论是真话还是假话、是有意识的话还是无意识的话，都是"心声"，都是心理状况、思想状况的表现。在文学创作中，自古以来，"言为心声"就绝不是说人物都应该把心里的想法简单地用语言说出来，而是说，应该达到作家虚构的人物语言与作家虚构的人物心理"唇吻遒会"的境界。人物的心理和其所处的情景使得这个人物说假话的时候，这个人物的语言应当是准确体现这种心理的假话，人物的心理和其所处的情景使得这个人物语无伦次的时候，这个人物的语言应当恰如其分地语无伦次，当然，如果人物的心理和其所处的情景使得这个人物此时简单地直言直语，那作家也应该去掉任何多余的修辞，只使用最符合这个人物那一刻想法的副词和形容词来简洁地修饰。做到这些，需要作家有丰富的阅历、见识和词汇量。之所以有很多人盛赞莎士比亚"发明了人性"，就是因为莎翁笔下什么样的人在什么样的情境中就会说出什么样的话，真正体现了"言为心声"。当前一些作家不会写人物语言，就体现为他们的作品中每个人说的话都矫揉造作，而且缺乏层次。什么是层次呢？就是"心声"体现为"言"的那个张力。比如小赖给郝处长送礼时说的话，如果再含糊一点儿，那就不是小赖了，如果再窘急一点儿，那也不是小赖了，如果再放肆一点儿，那也不是小赖了，如果说得笨嘴拙舌一点儿、刻意一点儿，那就更不是小赖了，也许就是高武了。而这些"一点儿"，体现在文本上，可能就在于一个词、一个语序甚至一个标点。若《敬老院里的春天》里文婷说的是"就算你在我哥家待得不舒服，你还可以去我们家"，那的确是体现了她心里最真实的想法了，但这却不是文婷的心声了，文婷的心声中还应该有着一个"拐弯儿"，就是她其实也知道没什么真凭实据说嫂子对母亲不好，随便坐实"母亲在哥哥家待得不舒服"这件事是说不住哥哥的，甚至对于劝说母亲也是无效的。而《净水器》里李松对李小东说话时心中拐的弯儿又和这里的文婷不一样，李松就是要在没有什么真凭实据的情况下先坐实"你对我耍了卑鄙的手腕"这个判断，让李小东处于道德劣势，但是他心里还有着这样的经验的或直觉的认知：在当时的环境、当时的情景里，坐实这个判断的最好办法不是直接说出这句话，而是说出对这个"事实"的评价，这个评价也许不是真心的，但却达到了想达到的作用。所有的这些"弯儿"都加进去，才真是这个人物当时的"心声"，小说人物说出来的话理应是小说人物这么复杂的"心声"在那个瞬间自然生成的那个结果。这就是"言为心声"的层次。夏鲁平短篇小说里的人物语言描写好看、有回味，便是因为他有如此呈现"言为心声"的才力。

三、勾勒的艺术

一篇小说的主人公，是浓墨重彩地塑造的，主人公周围形形色色的人物，不可能都平分秋色地去表现。所以，能写好主人公，是作家的一个本事，能写好配角，是作家的另一个本事。配角出场的机会少、占用的篇幅也少，但至少得在作品中真实可感，立得住；如果还能让读者记得住，甚至有思考，那就只能凭借作家出色的艺术手腕了。写主人公的笔法，可以称为"工笔"，写配角的笔法，可以称为"简笔"，称为"勾勒"，寥寥数笔活画出一个人物来。

勾勒的手法，难就难在既要写出这个人物最有特点的行动、语言或神情等，又不能刻意，必须照顾到情节的整体，而且应当是对于塑造主人公形象不但不妨碍，而且有作用的。比如《敬老院里的春天》中肖科长和肖科长的女儿这两个形象就写得很成功。作品中写肖科长，正面和侧面都加到一起，是这么几件事：一，肖科长当年在全市人民追悼毛主席大会那天因为曹兴汉的母亲丢了黑纱而骂哭了她，可是当她说哭是因为"想毛主席",就也哭了,还特批给她二百根冰棍,安慰她"化悲痛为力量";二,在敬老院再次见到曹兴汉母亲的肖科长脑子有些迷糊了,但是还会和曹兴汉的母亲默契地一起虚构他们当年的工作情况,说两人是在省委大院认识的,骗骗敬老院里的其他人;三,在敬老院里他总往曹兴汉的母亲住的房间跑,还总给她送些好吃的之类的东西;四,晕倒醒来后卧床的时光里,他十分依恋曹兴汉的母亲,一会儿不见就苦恼,见到就激动,还说"我就知道你不能不理我";五,母亲离开敬老院不久,他就去世了。就这么五个细节,这个人物不但让读者觉得真是可感,而且还会被他牵动感情。这五个细节中,有时光的纵深,有明笔暗笔的交织,有持续动作构成的"面"和单次动作构成的"点",所以虽然只有五个,却形成了丰富的结构,最激烈也最有戏剧性的"依恋"情节,因此不突兀、不生硬,我们读到的是一个真实的普通人的感情。肖科长的女儿在小说中"戏份"更小,但却很有冲击力,她的举止、言辞和她在曹兴汉眼中的形象迅速地溶成一个整体,每一个细节都加强着其他细节的印象,以至于我们甚至好像听到了她说话时的刺耳声音。至于这两个人物形象在作品中的叙事作用,我们已经分析得很细致了,这里就不再多说,不过还可强调一句的是:如果这两个配角形象不是这么生动真实,那么他们也就承担不起那样重要的叙事作用。

《高武》里的"我"这个配角也勾勒得十分精到，这个人物的木讷忠厚，对照了高武在生活中磨炼出来的"机智的憨厚"，而这个人物的现实和老练，又对照了高武性格深处的"理想主义"与狂热性格：他从两个方向有效地映衬了高武这个独特的人物形象，这样的人物搭配，让我们想起文学史上的那些经典搭配：堂·吉诃德与桑丘·潘沙，哈姆莱特与霍拉旭，福尔摩斯与华生。一个人的"精明"处正是另一个人的"迟钝"处，反之亦然。如果办公室里没有这么一个"我"，如果这篇小说不是以"我"的眼睛看到高武最后的岁月，高武的独特性格是无法这么恰当地在小说里呈现出来的。

我们再来看几篇小说中的"勾勒"艺术。《日常生活》这篇小说，我们后边还会专门地谈到，这篇小说写的是父子之间的情感纠葛，而与此有关的，有两个女人，一个是父亲贵仁的女友，老家的寡妇杨艳春，另一个是儿子显明的女友，和儿子一样是聋哑人的女孩，也是显明在寄宿学校的同学。这两个人物在小说中的存在，是为了烘托、激化、解决父子之间的一番矛盾。她们必须写得真实、"有戏"、感人，但是又不能在小说里喧宾夺主，模糊小说的主线。夏鲁平的笔达到了这些期望。先来看看杨艳春，她是当地有名的美人，丈夫不幸去世后，很多人给她做媒，她自己却看中了带着一个聋哑儿子进城打工的鳏夫贵仁。贵仁自己感到自卑，躲躲闪闪，杨艳春却勇往直前地追求她看准了的幸福。她主动找到城里贵仁父子住的地方，一次一次地去登门，到第五次的时候，一进门就说："你还没吃吧，我给你们爷俩儿做点儿饭吧。"贵仁说她是客，自己钻进了厨房，可是"还没等锅碗瓢盆响起，杨艳春又跟过来，挽起袖子，露着白净净的胳膊，不容分说开始动手了。"做好了饭，贵仁去房间里喊显明吃饭，父子俩却又闹起了脾气，还动了手，这时候——

杨艳春推门进来，两人还没有停手的意思。

杨艳春问，这是咋的了，咋的了？

没有人听她的。杨艳春上前扑到两人中间，掰开了贵仁的手，又去掰显明的手，那掰开的手又马上扭结在了一起，杨艳春白费劲儿了，她无法将他们拉开，也急了，加劲助威地喊：你们打呀，往死了打。转身跑进厨房，取了把菜刀，狠狠往屋里一扔，那菜刀"当啷"一声，把水泥地面划出一道火星，落在两人脚前。那菜刀真是吓人了，两人都不自觉地停下，看着那菜刀一动不敢动了。

杨艳春拾起菜刀问，你们打呀，你们怎么不打了呢？

贵仁和显明松开手真的不打了。

杨艳春说，你们爷儿俩这么打，是不欢迎我了，你们要是不欢迎，我走就是了。

杨艳春收拾东西，做出要走的样子，贵仁哪能让她走呢，贵仁说，你还没吃饭呢，吃了饭再说走也不迟。

杨艳春说，我不吃。

贵仁好像没了脾气，他起身扑打几下衣裳上的灰尘，耷拉着脑袋到厨房盛饭去了。贵仁一共盛了三碗饭，又把烧好的青菜盛上了，这时杨艳春还张罗走，贵仁赶紧扯回了杨艳春，把她摁在饭桌椅子上。

哑巴儿子显明还在跟贵仁赌气，他说什么也不肯吃饭，背着书包返校了。贵仁看着显明的背后，就生气，但他现在不想生气了，任他开门走出屋门。

这天，杨艳春没走，她住在了贵仁家里。

大清早，贵仁躺在床上，被厨房炒菜的声响吵醒了，没等贵仁缓过神，杨艳春推门进来了。杨艳春说，你是不是应该起床了，可别误了工时。那口气，好像他们已是过了多少年的夫妻。

这就是杨艳春在小说中三次出场的第一次，描写的是她第五次到贵仁在城里住处的情景与事件，也是她正式和贵仁确立了关系的那一夜。这一段描写实在是太精彩了，我们不忍割爱，也无法都以转述和引文间杂的方式体现出作品原文的妙处，所以做了如此长篇的引用。这区区五百多字，在整篇作品中只是微乎其微的一小段，其中还讲述着贵仁和显明的性格与矛盾的发展，可是却像一篇漂亮的微小说一样，将杨艳春这个人物形象塑造得有声有色，几乎要夺纸而出，而且又那么独特，可以在当代文学人物画廊中获得一席之地。显明不怎么欢迎"新妈妈"，这是杨艳春心里有数的，即使没有她的介入，显明和贵仁本来也有着矛盾，这也是杨艳春清楚地了解的，所以她完全知道她不可能风平浪静地、皆大欢喜地进到这个家里。处在类似这样的情景中，文学作品中的中国中年女性大概会呈现为这么几个形象类型：一是温婉牺牲型，即使苦了自己，也要成全孩子、成全男人的家庭关系，于是就默默牺牲、默默忍让、默默等待，最后，好的结局是终于用温暖的爱感化了男人的家人，悲壮的结局是最后大家终于感动了、悔恨了，却什么都来不及了；二是机智型，用一些善意的办法，撒娇卖萌，化解困境，哄得大家或喜笑颜开或哭笑不得地只能认可了她和她的爱人在一起；三是泼辣型，横冲直撞，一往无前，虽千万人吾往矣；四是心机型，表面或许和善柔弱，实则手段狠辣。在中国文化的语境中，最多的是第一种，近些年才出现了第二种、第三种的正面人物形象，而且第三种还很少，这很少的几个还得在作品中多少有些"幡然悔悟"和歉意，至于大多数的第三种形象，是和第四种一样作为反面人物登场的，即使不是"第三者"，也是万人恨的那种"女二号"。杨艳春的形象突破了这些模式。她追求自己的幸福，是不怯懦也不退让的，知道男人的独生子大概不高兴，她也仍然一次次大模大样地上门，还大模大样地像女主人一样做饭，那孩子气愤地不吃饭就走了，她竟然就大模大样地住下来。可见她和第一种温婉牺牲型的典型正面形象全然不同。她不是那种会用心"经营"关系的"冰雪聪明"的人物，也不会哄人的巧妙方法，如果是第二种形象，那绝对不会眼看着显明不吃饭离开家，所以她也不属于机智型的。泼辣型，她比较像，但是她又不是横冲直撞的，不冲动地以任何障碍她相爱的人为敌，她知道显明有学校宿舍可以去住，不会有什么事，所以才放任他"负气出走"，而给自己和贵仁创造了空间，这与第三种类型的形象为爱战斗、常常顶撞得反对者瞠目结舌脸煞白的行为也不一样，何况第三种类型本来也是作家们给"不通世故""幼稚"的年轻女孩儿量身定制的，不大可能适合中年的寡妇。第四种"心机型"呢？她还真是有点儿心机的，刚才说的处理显明不吃饭就离开家这个情况的分寸感，就可以算是，还有她两次说自己不吃饭就走，也很像是，如果前后两件事连到一起看，那就更有"罪状确凿"之感了——你自己说你不吃饭就走，最后你坐下吃饭了，人家孩子不吃饭就走了，你却听之任之。但是，谁读了这一段小说，都不会觉得杨艳春是一个坏人，或者用前些年流行过的一个粗俗的词说，一个"心机婊"。她说要走，确实是不想走，但是她这个脾气发得堂堂正正，而且也的确起到了制止父子间一场"武斗"的作用。显明这个脾气呢，发得也的确是不对，那他自己拒绝在家吃饭，要走，不拦着他倒恰恰是直性子人做事的风格，而不是心机。同一个行为，有欺天欺心地做的，也有直心直性地做的，单就这件事，单从外在的形态，分不出来。那我们为什么都能看出杨艳春做的就是直心直性的呢？是因为小说里她劝架的那番场面。一开始她是上前伸手去拉，这是一个最本能的方式，也是最真诚的表现，而且完全没有顾及自己可能被两个成年男子打斗时的蛮力误伤的危险。用心机的人此时绝不会这么做，而如果上前了，一般的套路是即使本来不能受伤也会立刻碰破一点儿伤，然后倒地惊叫，让别人来照顾自己，而自己还要哭着说"我没事儿，你们不要打了呀！"杨艳春直接拉架没有成功，就发起了脾气，而且到厨房拎来菜刀扔到地上。这个场面真是写得虎虎有生气！那一道火星，震到了打成一团的父子俩，也震到了我们读者。父子俩停住了打斗的动作，杨艳春还不放松，立刻拾起刀又追了一句"你们打呀，你们怎么不打了呢？"父子俩就都松开了手。这也不是有心机的人的做法，而真是作为"疏"人生气地劝解争斗的"亲"人的做法，包括那句"往死了打"的气话、反话，也全然是这样的语气，若曰：你们是亲父子爷俩儿，难道还有什么拼命的仇吗？还用得着我这个两姓旁人在这儿费心费力地劝吗？要是没人在这儿劝你们还能怎么着啊，先打死一个？所以后边那个"你们爷俩这么打，是不欢迎我了，你们要是不欢迎，我走就是了"的逻辑，也是从这里合情合理地来的——你们骨肉亲人打架打得那么凶，那就是给我这个外人看的呗？看，从头至尾，杨艳春这个"身份"都摆得很正。顺便说一句，"往死了打"的这个"了"字，真是用得太妙了，准确地传达了吉林方言的那种又狠又朴拙的劲儿，而且很清楚地是个生气地劝架的语气。如果改成"里"，语义也一样，但劲头就完全不对了，语言感觉就差了很多。回到杨艳春，有心机的人不会像她这么说话的，而是真正的"以疏间亲"，笑里藏刀（或哭里藏刀）地把自己往亲密关系里挤，不动声色地把本来真正亲密的另一个人从心理上挤出去。比如会这么说："显明你别这样，这是你爸呀，你怎么下得去手。这都是我不好，我（此处有哭腔更好）走，我再也不见你爸了，你别再恨你爸了（此处可掩面奔跑）。"显明当然听不到，但没关系，这些话本来就是要让贵仁听到的，要让贵仁接受这种暗示：显明和你不亲了，我和你是最亲的，而我现在要为了让你重新得到显明而不得不割断如此亲密的我们俩。或者也可以直接跟贵仁说："你别打孩子了，他再怎么说也是你的亲骨肉啊！"总之，就是用话语形成一种自己和贵仁比起贵仁和显明之间还亲密的氛围，那才是有心机的做法。杨艳春的话语根本达不成这样的效果，也根本没想过要达成这样的效果，她爱贵仁，要和贵仁在一起，这一点很明确，也很坚决，毫不掩饰，毫不动摇，但她也尊重贵仁和显明的父子亲情——"尊重"这两个字，就包含着敬仰的意思，所以她劝架的方式才那么蛮横粗暴，她知道用这个蛮横粗暴的方式让爷俩自己意识到他俩的伟大关系，才是最有效的，而有心机的人却会抢先占据一个指导者的位置来重新"安排"关系。刚才所有的这些分析，其实在我们阅读这段小说的时候都是作为我们的生活经验和直觉存在的，我们不用想这么多，但实际上心里却有所有的这些，这才自然地判断了这段情节的意义，认识了杨艳春这个可爱的人物并为她所感动。从作家的角度来说，那就是他以精当的行动描写、语言描写，以及"一道火星"这样的与人物行动有关的环境描写，准确"输入"了我们心里了解人性的一组新密码，于是，不需要他去评价、去解释人物的心理，也不需要再多的情节，就把这个新颖不俗的人物形象清爽地放在了我们的阅读记忆里，也就是说，把这个人物塑造成功了。

而这篇小说另外一个重要的配角——显明的女朋友聋哑

女，其实真正出场只有一次，就是在小说的最后，此前，她都是以"虚像"的形式存在，这个"虚像"就是他们学校老师的描述。学校的老师告诉贵仁，显明"把他们班女同学肚子搞大了，那女同学也是聋哑人，人家父母不依不饶，找到我这儿，要损失费的"。这就是我们对这个女孩子的第一印象，她自己的情感和想法在这样的描述里是不存在的，她只是一个被"搞大了肚子"的聋哑女性，仿佛是一个被损坏了的物件，她的父母还为此到学校索要"损失费"。当贵仁提出如果她的父母同意，可以用两个年轻人正式结婚的方式解决这个问题的时候，这位老师才这样评价了这两人的感情："这么大的孩子不定性，结什么婚？再说他们在一起本来就胡闹着玩，过不了长久日子。"一个"不定性"，一个"胡闹着玩"，斩钉截铁地否定了显明和聋哑女的感情。这位老师这么说到底出于什么心理、什么目的，我们无法确定，但此时在贵仁的心目中，以及在我们多数读者的心目中，大概这个聋哑女真的就是这么一个不懂事的、在青春期的情感冲动和性冲动下和显明一起"闯了祸"的人。大概有少数的读者能够读到这里就想到人不是这样简单的，聋哑人无法以语言方便地表达自己的想法，这个老师的话很可能对两个年轻的聋哑人有严重的偏见。但我自己读到这里时并无这样的认识，对这个小情节的理解也只是：显明又给他爸爸惹了麻烦，父子矛盾又添新变数。所以至少对于像我这样的读者来

说，这个情节不能算是这个人物真正的出场。而我们真正看
到她，已经是显明因参与团伙偷窃而被拘留二十天之后回家
的时候了，这时"他的身后跟着一个不算漂亮也说不上丑的
聋哑女"。就这第一面，我们不免就对这个女孩子的印象有
了一个概观。这是显明最落魄的时候，拘留期满释放，名誉
扫地，前途堪忧，可是这个女孩子却在这时候跟在显明的身
后。而且，我们此前对她的印象是和她那索要"赔偿费"的
父母连在一起的，这使得她被说得实在是像一个物件，而现
在，她和显明一起走进显明的家，身边和身后并没有老师口
中的"父母"吵吵嚷嚷地要"赔偿费"，在我们眼前的是一
个真实的活生生的人了。但这之后她并没有做什么，只是和
显明一起吃饺子，小说写的是贵仁如何处理他丢脸的儿子的
紧张情节，我们几乎又要把这个女孩子忘了。最后，是聋哑
女写给贵仁的一张满是错别字的字条，彻底地更新了我们对
她的认识，让这个一直缺乏存在感的人物一下子立起来了。
小说写到贵仁在一个工地里疯狂殴打显明时：

> 她从兜里拿出一张破纸，翻出笔，把贵仁拽出
> 工地，拽到路灯下，展开纸，垫在电灯杆上写道：
> 显明已经没妈了，显明妈听不见我们说什
> 么，你就听我说几句好吗？显明知道那些人都不
> 句（够）朋友，于（遇）上事都往别人身上推，都

想把自己摘干静（净）。老师也不是好东西……我们都狠（恨）死他们了，今天你打他，我知道你生气，显明不愿（怨）您，他也想自己打自己，他对我真的好，我们都想好，你知道我的义（意）思吗？

显明和她交流得那么深，他们想得那么多，他们显然不是"胡闹着玩"，他们之间知心的、相濡以沫的感情是那位冷笑着俯视他们的老师做梦也见不到的。这个女孩子写这张字条，不但改变了她在作品中此前的形象，也改变了显明在作品中此前的形象。以前我们只看到显明耍脾气、犯浑、一事无成、闯祸，哪知道他有这么丰富的内心世界。而聋哑女自己，更是因为这么一个小小的情节，突然地从一个虚像或者背景似的人物，仿佛闪光一样地出现在我们的眼前。她的每一个动作，她字条上语言的风格，都质朴平凡得沉甸甸的，她这个人的样子——"不算漂亮也说不上丑"，也融入了这份读者心灵感受到的分量，仿佛她是一个我们童年时就认识的、非常熟悉的、亲切的、牵挂多年的人。这也是勾勒的力量。

还有一篇题目和这篇《日常生活》恰好对仗的作品，叫《突发事件》，这里的主人公是一个姓郝的电工，他离婚后不久和一个叫黄娟的女人买房同居了，而黄娟那个蹲监狱的丈夫乔三有天夜里却闯到了郝电工和黄娟同居的住处，小说写的就是那一夜他们紧张的对峙，所以郝电工、黄娟、乔三都可以算是这篇小说里的主要人物，而我们在这里要说的，是在这篇小说中零零散散加起来也占不到六分之一篇幅的一个人物——郝电工的前妻。小说中写到她是为了叙述郝电工和黄娟从相识到同居的历程，因为细致了解这个历程，对于理解那一夜三个人的对峙很重要，而在这个历程里，必须郝电工是离婚的人，才合情合理。既然是离婚的，那就得有个前妻，有个离婚的原因。从小说创作逻辑来说，"前妻"这个人物就是这么在这篇小说里出现的。但一篇好小说里的一个人物不可能仅仅是功能性的，这个人物的存在可以是为了一个或数个叙事功能，但是一旦存在了，这个人物就必须有其可识别的思想、情感、欲望、性格、行为，一句话，真实性。一个小说人物不能是一个纸片傀儡。《突发事件》里对郝电工的前妻着墨虽然那么少，而且这点儿笔墨中的几乎每一句都是在达成着其叙事功能，可是却也承载了作家的观察与情感，由此成为一个有独立审美价值的艺术品，一个血脉完整的人物形象。唯一的大段叙述是讲郝电工的婚姻生活为什么不幸福，也就是他最终离婚的原因，在这个段落里，我们知道郝电工的前妻是一个痴迷于成为作家的女人。她在20世纪80年代爱上了文学，那时候"爱好文学"是流行的事，郝电工和她相爱也与她写了几首诗有关系。可是事情坏在了她对文学的"长情"，而又"文运不昌"。结婚后她夜以继日、废寝忘食地写小说，投稿，顾不上自己的卫生与形象不说，连自己的亲生孩子也顾不上，而她的作品又不入"大刊"编辑的眼，只是偶尔写点儿"豆腐块"稿件能发表在小报，而据她说，那小报的编辑又骚扰她。郝电工觉得她精神错乱了，还曾经对她拳打脚踢，但她依然坚持着自己不管不顾的追求。难以忍受这样日子的郝电工终于提出了离婚，而她似乎很淡然地就同意离婚了。离婚后她又一个人这样地过了两年，却不幸得了脑血栓，也写不了小说了。这就是这个女人的"小传"。当然，就像我们刚刚说过的，这个"小传"的首要意义是合理地解释了郝电工为什么结婚又离婚。而且郝电工承担着抚养孩子的重任，这也与他和黄娟的关系发展以及黄娟的形象密切相关。但是，这个"小传"里也浸透了作家耳闻目睹的多少不得志的"文学梦想者"的辛酸，或许也有作家自己在文学路上的辛苦体验。如果只是这个"小传"，那么这个人物的形象还是有些单薄的吧，然而作家似乎无意间点染的另外两个细节却给了这个有些"飘"的人物以烟火气，她的努力与痛苦也因此"落了地"，实实在在。第一个细节是郝电工和黄娟初遇时的事，那时郝电工和黄娟还各有各的婚姻家庭，郝电工和他每天写小说的妻子还有两人年幼的孩子住在老街的红砖楼房里，黄娟和乔三夫妻住在街口的一座小窝棚里，以丈夫的家暴频繁又残暴而为那一带住户所知。一天夜里，惨遭喝醉酒的乔三追打的黄娟，连着敲了红砖楼房里几家的房门，敲到郝电工家时郝电工开了门，黄娟倒进门里，说"救救我，救救我"，这时他们俩还谁都不知道谁的名字，但郝电工认出了她是从窝棚里跑出来的女人——

> 那时郝电工还没跟妻子离婚，他把女人搀进屋，由妻子端来水为她擦拭脸上的血，再进行一番耐心细致的思想工作。妻子说，看看你都成什么样子了，他为什么对你下死手呢！你应该告他，跟他离婚。

这件当年生活中的事情告诉读者，所谓夜以继日废寝忘食地写小说，毕竟只是个形容而已，这个女人在生活中也会做很多别的事；所谓她精神失常至少也是郝电工夸张的想法，她还能以人情常理劝说不幸的人。在这个场景中，她就是个普通人家普通的善良主妇。别人眼中狂热痴迷的她，本来也就是这样普通的一个生活着的人。第二个细节是她和郝电工离婚后就自己出去租房了，告诉郝电工他们俩一起住了多年的这套房子是将来给孩子的。这个细节透露了两个事实，一是她是关爱孩子的，二是她有独立生活的能力，这些都颠覆了郝电工主观视角中她的形象。这两个细节并不是为

了谴责郝电工，这是让这个在作品中倏忽一现的配角能够从
另一个角度呈现在读者的眼前，告诉读者她即使在郝电工难
免带有偏见的记忆中也不只是那么一个"奇葩"式的女人。
一段"小传"加上两个不经意的小细节，成就了一个真实独
特的人物形象。

但在我看来夏鲁平的小说中也有勾勒得不大成功的配
角，比如《净水器》中的李小东。之所以不成功，大概是因
为勾勒得笔触太重了，给这个人物增添了许多不必要的元
素。李小东是小说主人公李松的一个比较年轻的办公室同
事，本来被李松视为一个自己完全能掌控的"后辈"，甚至
是自己已经"收伏"的一个"小兄弟儿"，却在七八年后突
然似乎变成了一个最危险的竞争对手，因此引发了李松多次
想求得表哥的"帮助"却受挫失望的主要情节。我想，李小
东的形象只要满足了这个叙事任务，再加上一点儿小脾气，
或小狡黠，或机关外个人生活中一些改变他在机关中处事方
式的经历，就是一个能够立得住的形象了。在《净水器》中
却从李小东自己的视角给他安排了一个心路历程的追溯，这
个追溯一开始也是像全篇其他地方一样从李松的视角切入
的："想想李小东刚参加工作时的样子吧，他一脸稚气，一
脸都是对未来美好的向往，一看就知道没多少城府。那时，
他和李小东共处一个五六个人的大办公室……"可是说着说
着，视角就发生了偏离："李小东也不傻，他看出大家这点

儿意思了，这点儿意思无非把李小东看成个傻子。李小东的自尊心受到极大的伤害，……他开始小心翼翼听人差使了，而这些人并没领会李小东的变化，依然按照惯性做事……"这些如果还可以说是李松的猜度，那么再到后边，就越来越像是李小东自己的叙述："李小东说，为什么人们把我们这样的单位叫机关呢？机关就是窍门，只要你掌握了这种机关或者窍门，很多事情并不难做。李小东一旦研究起什么问题便十分专注，有点儿咬定青山不放松的劲儿头，这样的人很适合在科研机构工作，可李小东偏偏很喜欢机关，他甚至喜欢机关人的虚伪和客套，他说，这种虚伪与客套让他如鱼得水，人气飙升。"李小东"说"的这些话，是对谁说的呢？如果为了维持叙事视角的统一，那就得是对李松说的，但是李小东对李松说这些话，这个情节合理吗？至少从小说文本中我们看不到其成立的任何合理性。我们可以想象两个可能，一个是，作家确实想将事件发生前的李小东和李松写成这样一种亲密到可以一起讨论机关潜规则的关系，但是这个叙事目的未得到必要的情节与细节支撑，于是李小东的这两句话就孤立在这里了；另一个是，作家就是给了李小东这么两句话，可是又意识到叙事视角一贯的必要性，所以只能颇为生硬地处理为这是对李松说的。无论是哪个原因，这里都略微损害了情节与叙事的完整度，形成了一点儿艺术的遗憾。而且，这样追溯了李小东的历程之后，特别是给予李小东这样两句人物语言之后，这个人物就偏离了其原本在小说中承担的叙事功能，而且侵害到了主人公形象的力度。这样的李小东，就和李松的形象重复了，然而他又终归是短篇小说中的配角，他的性格在情节中得不到展开的空间，所以这个重复又是一个无着落的重复。再者，这样一个孤立的线索也减弱了小说对省政府副秘书长父子形象的表现，作为一个隐形因素遮挡了读者理解这两个原本很有艺术价值的人物形象的视线。我想，这也可见勾勒人物之难，真是添之一分则太多，减之一分则太少，而任何一个勾勒得成功的配角人物形象，实在都是很可贵的艺术品。

下　编
心灵艺术论

一、"成人社会"的另一面

任何艺术，归根结底都是心灵的艺术，以心灵为来源，也以心灵为归宿，是心灵与心灵对话的"语法"。夏鲁平短篇小说的情节艺术与人物艺术，真正的魅力也是来自于作家心灵的广度与深度，而体现于给予读者心灵的感动。"你邻居家的故事"，让我们读者能够由此得以看见我们熟悉而又陌生的那些普通人们如何"歌于斯，哭于斯"，看见他们其实和我们一样既坚强又脆弱，既微小又伟大，也看见我们自己。"看见"不是一件容易事，也不是一件小事。柴静在她的记者生涯随笔集《看见》的序言里就说过：

> "人"常常被有意无意忽略，被无知和偏见遮蔽，被概念化，被模式化，这些思维，就埋在无意识之下。无意识是如此之深，以至于常常看不见他人，对自己也熟视无睹。
>
> 要想"看见"，就要从蒙昧中睁开眼来。

这才是最困难的地方，因为蒙昧就是我自身，
像石头一样成了心里的坝。

的确，文学的意义，与其他艺术的意义一样，应该成为
这样一种力量：这种力量冲破那些无知和偏见，这种力量纠
正那些盘根错节的概念化、模式化的惯性，这种力量让人看
见人，看见天地，看见自己。

当然，世界上的偏见甚多，不是任何一个人可以荡平
的，而且物有偏至之理，从这一面纠正一个偏见，可能随着
时空的改变、接受者的误读，就会从另一方面促成一个新的
偏见。所以这个事业是长期的，也是众人协力的。

著名作家余华的成名短篇小说作品《十八岁出门远行》，
以一个十八岁年轻男人的视角，表现了他心目中的"成人社
会"之规则或"规律"。十八岁正是现行法律中规定的"成
年"起点，这个男人在十八岁离开家，满怀憧憬与信心到
"世界"去，他尽力想按照"成人"的样子表现自己，说话
的语气神态、行事的态度都尽量学成人，可是小说里真正的
"成人社会"却和这个人想象之中的大相径庭，那些争斗的
人却以"成人"的方式很轻松地达到了"和解"，而他想维
护他认为是正义的、是"自己一边"的那一方利益，最后被
所有人孤立的、被所有人欺负得一无所有的却只有他自己。
他的善意没有得到任何善意的回应，反而让那个世界里的所

有互相争斗的人辨认出了"他不是我们之中的人",这些人再怎么争斗,也是同一类人之间的"交流",而这个十八岁的男人却俨然是所有人的"对立面"。又或许,那些人最大的善意就是以残酷的方式让他成长,成长为他们中的一个?(一个和他们一样的异物、混蛋。)这是一篇先锋小说,构思上有"存在主义"的意味,也许是从当时翻译成中文的一些现代主义作品学到的,读者不知道这个人为何"出门远行"以及他此前的任何生活经历,也不知道此后他会怎么办、会怎么样,他就是一个"被抛到"故事里的"无知者",就像现在网络穿越小说里那类"穿越"到一个闻所未闻、所有规则都一无所知的平行世界里的人物。这篇小说在几十年中影响很大,似乎成为表现"真实世界"的经典,一个从"儿童期"进入"成人社会"的"当代神话"。

余华这篇小说在他写成的时候、发表的时候,或许是戳破了一个当时的偏见,或者突破了当时文学创作的禁忌吧。是的,现实世界里无疑有这样的事情,而这是在任何童话故事里看不到的,确可说是"成人社会"的一个面向。一个人如果执信立竿见影的善有善报、恶有恶报,执信无论在何时何地,真心一定能换得真心,善意一定能换得善意,那也的确在世上会寸步难行,很快就会失望透顶。为了这样的人,讲述《十八岁出门远行》的故事是必要的。但弊端也就来了,这样的人会转而认为"成人社会"就是那样的,要生存就得适应那样的世界。前些年流行过"出来混还得是韦小宝"这句话，也是这样的误解。据金庸自己说，他写韦小宝这个人物，大抵意在揭露和讽刺文化中的弊端，绝不希望读者学韦小宝。他让一个出身妓院、一身市井习气的小流氓在庙堂与江湖如鱼得水，是为了揭破那些关于庙堂与江湖的神话，不想却创造了一个新神话，市井哲学、流氓哲学的神话，似乎韦小宝的人生历程就是最实在的成功学教科书。其实从小说论的角度一经分析就会发现，韦小宝这个人物在绝大多数情节转折点的"存续"依赖的都是大量偶然因素的汇聚，说白了就是"运气好"，而且作品中也并非不曾给读者关于这个秘密的隐喻，韦小宝堪称金庸小说中"信仰"最虔诚的人，他崇拜的是"赌神爷爷"，赌神这个地下社会的民间神祇掌管的就是"偶然因素"。那样的误读之所以在很多年中大有市场，原因是多样的，有经济与社会转型时期难以避免的短暂伦理迷茫，有一些泛起的沉渣辩解甚至美化自己丑行的图谋，有一些人的"愤激语"，有那些年法治滞后在群众中造成的错误认识和怨气，如是等等，须专文方能探讨得比较清楚。这里我们关注的是这个结果，那就是一个新偏见成了气候："成人社会"冷酷自私、弱肉强食，因而无耻才是成熟，善意和真诚都是说说而已的，谁真相信，谁就是还幼稚。

夏鲁平小说的第一大意义，在我看来，就是勇敢地以文学的力量冲破了这个影响了不少人的偏见。他有一篇速写式的小说《去铁岭》，就既写了当时流行的这个关于"成人社会"的偏见给人们心理和言行造成的影响，也写了这个偏见的破灭。小说写"我"因为误了火车，只能乘坐长途汽车去铁岭见朋友。小说所写的那个故事发生的时间，大概手机还不这么普及，"我"发现自己赶不上当晚到达的火车，是搭乘的出租车堵在路上的时候，这时候改去长途汽车站乘坐长途汽车，反而还能比原来要坐的火车到达得早一些，所以来得及再赶到火车站去找那位按照原计划接站的朋友。但在出租车上，司机就说："现在汽车恐怕不安全吧。"又说："听说前几天开往四平去的一辆小客车发生一起抢劫案，一个当兵的三千块转业费被洗劫一空。"而"我"去铁岭中间必然经过四平。这样的"社会经验"和传闻先给了"我"一个心理压力。但我去见这个朋友，也有着道义的责任压力，那个朋友正经历着精神困境，依赖着"我"的支撑，如果那天晚上九点前不能如约地在铁岭见面，后果或许很严重。可是这个朋友其实又是个"网友"，考虑到故事发生的时期（以人们都没有移动电话、军人的转业费只有三千块这些信息为线索来推断），当时"网友"当是个很新也很热的事，又是个潜藏危险的事，见素未谋面的网友本身也有着风险性。但"我"还是坚决地去乘坐长途汽车了。上了长途汽车之后，"我"的心里也始终存着和"安全"有关的念头：先观察车上有没有任何潜伏着不法分子的迹象，再看着一个穿着时髦的年轻女子，胡思乱想着她和他的同座如果其中一个是骗子或者两人是一伙骗子会怎么样，又注意地看着那个女子的同座站起身四下张望了一会儿再坐下，又担心自己邻座打呼噜的那个人会不会忽然倒毙……长途车两次绕道行驶，也会引起与"安全"有关的联想，因为绕道的目的其实是为了违反法规——小说里以"我"的口吻描述为是"为了躲避收费和警察盘查"。"我"在长途汽车上的这些思想一方面很生动地烘托了乘坐长途汽车夜行时的场景与氛围，另一方面也很能体现"我"暴露在这个"现实世界"时的不安全感，正因为隐隐感到不安全，所以才会每个观察都联系到"安全"。而这种莫名的不安全感，又是和那种对于"成人社会"的流行理解互为表里的。

长途汽车上一路无事，平安地到达了铁岭，最后长途汽车还做了一件违法违规的事——为了省事省时也省油，擅自改变运行路线，不进市里，只在郊区让去铁岭的乘客都下车。这个做法不但给"我"带来了很大的不便，想必也像是一个证明一样，增强了那种"成人社会观"在"我"心里的阴影。刚才那个年轻女子的同座也在铁岭下车，长途汽车开走了，在旷郊留下他们两个人，小说里描写那场景是："四周广阔田野的风扎得我脚跟好像要丧失根基，远处有几个黑黢黢孤零零的苞米秸秆，更加重了我心里的恐惧。"苞米秸秆透着荒凉，又有些像人影，"我"此时大概既因为四下无人而害怕，又同时害怕那里真的有几个人。这是很常见的奇怪心理，人在热闹喧嚣的大街上平常不会害怕，如果自己在旅馆的房间或茶楼的雅间里，确知只有自己一个人，等闲也不会害怕，就是在空旷之地，看不到人，又无法知道远处是否有人，最容易会本能地害怕。因为人类最亲的是同类，最怕的也是同类，一群同类在可见的视野里各做各的事情，唤起的是原始社会部落聚居的"无意识"，是安全的征象，而自己孤孤单单、远方又隐隐有同类的迹象，却是危险的信号。现代社会就是要求成年人必须经常地与那些"远方的同类"打交道，或协作，或竞争，这其中都需要建立信任、识别谎言、分清敌友，这或许就是那个"成人社会"偏见最深层的文化与心理原因吧。"丧失根基"这个词也很妙，风作为自然物，在冲击着"我"肉身的"根基"，想象中的危险也同时在冲击着"我"社会感的"根基"。

当时"我"唯一还算熟悉的，也就是有一点点信任基础的人，就是一起下车的那个人，虽然那个人其实也是个可疑的陌生人，但总得和他同行才是最明智的策略，而与同行者建立一些友好的关系也总是有益的，于是"我"一边走一边主动和那个人攀谈，而那个人一开始似乎也很愿意和"我"交谈。在交谈中"我"得知了这个人是个本地人，"我"也说了"我"是来铁岭见朋友的。但是"我"无意中的一句话，却让那个本地人在"我"的观察中是"有意跟我拉开距离"了。如果"我"的观察与想法不错，那么我的那句刺激了那个人警惕心的话应该是："我们一同在长春上的车。"此前那个人问的问题是："从四平上的车？"这也是闲聊天随口一问，如果"我"回答："长春上的车。"那可能两人就继续聊下去了，或许会谈谈长春和铁岭两地的风土人情、社会新闻什么的。但是"我"这句"我们一同"，就意味着"我"从一上车就在关注着他。当然，我们读小说的人都知道事实是因为"我"是怀着强烈的不安全感上车的，一上车就恨不能紧张地观察所有人，再加上他正好坐在了一个吸引眼球的时髦女子旁边，所以有清楚的印象。但那个人不知道这些，而对于任何一个人来说，在不知情的情况下被一个陌生人持续关注，都不是一件高兴或可以无视的事，而是一件挺瘆人的事。而且，他以为"我"是在四平上的车，"我"却准确地知道他是在长春上的车，这种信息不对称的凸显，也在伤害着本来就脆弱的安全感与互信。在那样的环境下，一个陌生人知道他的信息比他知道那个陌生人的信息多，也难怪他心里会提高警惕吧。另一方面，这也说明"成人社会"偏见的那些"知识"是普遍地存在于人们心中的，"我"猜疑他，他也猜疑"我"。

果然，作品里写道，"我"此时的心理就是："从口音上听出他的确是本地人，我的戒备要高于他，而且我的身上背着一只连自己都觉得扎眼的皮包，如果他对我产生歹心，吃亏的是我。"而且，"我"还以一种"对敌斗争"的态度冷静地分析了"敌我双方"的优势与劣势，同时，"我"也意识到或者说猜想到那个人也在和"我"做一样的"作战分析"，因为"我"的分析成果是，那个人在前，"我"在后，"我"有地理优势，即使那个人回头来攻击"我"，"我"也有更多一点的反应时间和逃跑距离，而那个人的表现则是"走路时时常半侧着身，好像随时准备回头"。这时，"我"的一个思路很聪明也很有意思，那就是应该和那个人拉开更大的距离。这么做既能扩大"我"已经意识到的反应与逃跑优势，同时也能减小那个人的危险感觉；然后"我"又想到了一个更好地让那个人信任"我"的办法，那就是走在道路的另一侧，让那个人可以更容易地观察到"我"的一举一动。那个人也的确在"我"这么做了之后轻松多了。在这个过程中其实发生着一个可能连"我"自己都不曾意识到的心理变化，就是"我的戒备要高于他"这个原则，"我"已经丢开了，"我"想的只是获得他的信任了。最后，看到道路前方有一簇灯光，想到那怎么也是他们近程的一个目的地，"我"干脆走到了那个人的前头，也就是彻底放弃了自己的"战斗优势"，这意味着"我"已经信任那个人对"我"是安全的了。"我"的这一段叙述中没有一句说自己已经信任那个人了，但"我"做的事却只能基于"我"信任那个人，才是合理的。也可以说，那时"我"在意识里不想放弃关于"成人社会"的那些知识与戒条，但在行动上却已经遗忘了。人类与同类伙伴一起历险唤起的天性默默地动摇了顽固的偏见，就像小说里说的："在这黑夜的郊外，一个人行走是件可怕的事。"社会的本质毕竟是协力合作，而不是互相猜忌与伤害。

那一簇灯光是一个汽车收费站，收费站旁边的岔路口就是等候出租车的合适地点，两人分别站在岔路的两边等车。在这里，我们看到了实体化了的距离感。此时灯光、收费站和即将到来的出租车将两人带回到了"现代社会"，在"黑夜的郊外"与大自然角力的历险结束了，两人好不容易修补起来的互信似乎也失效了。那个人和"我"站在相反的方向，第一辆出租车顺着那个人那边的方向来了，他顺理成章地钻进了这辆车。当"我"听到车门关闭的声音时，心里是很慌乱的。这里只剩下"我"一个人了，不知道下一辆车什么时候会来，而原计划的火车很快就要到铁岭火车站了，如果那个网友没有看到"我"从那列火车出来，会不会失望而去呢？就在这么想的时候，那辆出租车又停住了，然后一个U线转向，向着"我"这边开回来，停在了"我"身边。在这个很短暂的过程中，"我"感到的不是欣喜，而是惊惧，警惕性又习惯性地高涨起来了，而且身心又迅速调整到了"临战"状态。但可想而知，这时不会有什么危险的事，如果那个人真是坏人，难道还有这么大的一个计划，提前勾结了那个出租车司机？那个人就是回来请"我"同车进城去的。"我"还问了一下那个人要去的地点，其实问也没有用，

"我"并不了解铁岭的城市道路,这个提问只能是看作警惕性的一个表现,或者"成人社会"的一个奇特的常识、规矩,就是在表明自己也是"成人社会"的人,土匪黑话中所谓"不是个空子"而已。

在行驶的出租车上,"我"依然处于高度紧张和警惕的状态,仍然怀疑那个人和出租车司机会不会认识、是同伙,又担心他们会忽然合谋害"我"。"我"的"对敌斗争思维"也又在高速地运转了:"我"坐在后座,那个人和司机的一举一动"我"都能看得清清楚楚,这是"我"的优势,但那个人和司机都是本地人,"我"是个外地人,这又是"我"的劣势。顺便说一句,小说在这里写到两个本地人"有一搭无一搭地谈论南联盟最新情况",这很可能是说北约与南联盟的战争,那么这个故事就是发生在 1999 年。终于,作为一个"战术","我"表示到了那个人下车的地方,"我"也一起下车。想不到那个人未明确地回应"我",却和司机说了一句:"他是外地人,第一次来铁岭。"——这句话在"我"听来很可能暗藏险恶。好在不久后,出租车行驶到了有楼房、有行人的街区,"我"总算是松了一口气,在荒郊野外遭到打劫之类的事看来是不会发生了,这时"我"又担心起司机多收车费来,因为那辆出租车居然没有计价器,而那个人也始终没和司机谈过价钱。于是"我"再次用了刚才的"战术",说要和那个人一起下车,因为这样一来,司机收多少钱，都是"我"和那个人一人拿一半，也就不能讹"我"
了——可见"我"心里还记着那句"他是外地人，第一次来
铁岭"，总觉得这句话大概是在给司机送情报，告诉司机可
以在这个第一次来铁岭的外地人身上做点儿什么谋取非法利
益的事。那个人和司机都拒绝了"我"的这个一起下车的诉
求，那个人得知"我"要去的是火车站，说"你没必要下
车，再往左拐两个路口就是了"。而司机说："放心，我一定
把你送到车站。"这样一来，"我"也不好强行下车了。那个
人下车之后，"我"一路来对他的种种可怕的顾虑也就都可
以解除了，现在担心的只剩下司机会多收"我"这个外地人
多少钱，而"我"自己也暗暗定了一个被讹的"心理价位"：
"凭经验，这一路我们需要十五至二十元的车费，如果司机
向我要三十元，虽然挨宰，我也不必跟他磨嘴。如果司机向
我要八十或一百多元，那就要理论理论。"这其实是作家的
蓄势，给予他笔下的人物一个心理预期，也给读者一个心理
预期：十五到二十元是正常收费，三十元是"正常"的讹
钱，八十元以上则是"过分"的讹钱。接下来作家立刻就给
了作品中的"我"和作品外的读者一个巨大的"落差"：司
机告诉"我"，刚才那个人已经交过钱了，"我"不必再交钱
了。"我"最好的心理期待就是司机只收十五至二十元，那
就已经是大喜过望的事了，而真正发生的事，居然远远超越
了大喜过望，那个人和这个司机，都做了"我"万万想不到

的事，而"我"之所以想不到这些事，就是因为"我"心中是按照那个"成人社会"的想象，去观察和思考的。

现在我们可以来复盘一下那个铁岭人视角下的这同一个故事了，当然，是要以作家给予我们的材料为基础，做一些合理地推测。我们也用"我"这个第一人称代词来指代这位不知姓名的男人吧，并且在叙述中不给这个字加引号，以与作品中的"我"相区别。我和一个陌生男人一起在郊外下了长途汽车，这是我的家乡，所以我对于怎么进城、怎么到城里的什么地方是轻车熟路的。那个人说他是外地人，来铁岭会朋友的，可我突然发现那个人居然知道我是在长春上车的！他为什么这么注意我？他和我一起在这里下车真的只是偶然吗？这荒郊野外黑灯瞎火的，我可不要着了他的道儿！我们得在这荒郊野外一起走半个小时左右，才能走到可以打到出租车的地方，我有意和他保持着点儿距离往前走。这时他问我"从这里到市区还有多远？"我顺口回答："挺远呢……"话一出口就后悔了，如果他要抢劫，或者杀人，我这不是告诉他可以行凶的机会吗？于是赶紧含糊其辞地接着说："还得走一段才能有出租车。"他一直在我后边走，我也只好侧着身走，这样才能时时警觉地往后看着他，防备他朝我下手。但是这么黑的荒路，如果真一个人走，那也瘆人，所以在看不出他真是要行凶的情况下，我也不想甩开他自己走。后来他可能也是感觉到我疑心他吧，改到路的另一边走了，我就放心多了，这时候也能看到前边汽车收费站的灯光了。再后来他又走到我前边去了，这我就更放心了，一直走到了等出租车的岔路口，也没出什么事，但我还是不能放松警惕。过了一会儿，终于有辆出租车来了，我赶紧上了车，这才算彻底放了心。一放心，我就觉得自己做得不对劲儿了，既然事实证明他不是坏人，没有坏心，人家一个外地人，怎么好把人家自己扔在这城外的路口呢，反正也都是进城，应该带上他一起走。刚才下高速汽车的时候那个售票员不是还说"你们俩正好一起打车进城"嘛！虽然那是句推脱责任的话，但是话没有错啊。于是我让司机师傅把车调头开回去，接上了那个外地人。坐在车上往城里开，刚才的那些焦虑担心都没有了，我感到浑身很轻松。那个外地人坐在后边一言不发，我都快把他给忘了。忽然他说了一句"等你到地点，我们一起下车"，我才想到还带着个人在后边，我没明白他这句话是什么意思，是和我客气吗？我随口说了句"没关系"，又给司机师傅介绍："他是外地人，第一次来铁岭"，意思是多关照着点儿，别让人家说咱铁岭人不仗义。后来就到了市里，他在后边又说了一句"等你到地点，咱们一起下车"，当时我还有不远就要下车了，我问他要去的是哪儿，他说是火车站，火车站离我下车的地方就两个路口，我忽然明白了，他大概是担心车费的事，或者担心司机绕路或者丢客吧。这很正常，我在外地打车也怕这些事。司机师傅也想到这儿了，他说"一定把你送到车站"，这我很相信，就两个路口，再怎么着也不会给人再绕远或者扔下乘客了，我也劝这兄弟别提前下车，还白走那么远。下车的时候我把到火车站的车钱一起都付了，一是本来也没差多少，二是也是尽尽咱们待客之道，三呢，其实打车之前凭空怀疑了他那么多，心里也是有点儿不好意思。

我们做这个复盘，是想辨析清楚这样一些事：不是这个人特别善良，或者心里没有那些疑虑、担心。他也不是没有受到那种"成人社会"暗黑神话的影响，从长途汽车下车的地方到等出租车的地方之间，他心里的怀疑想必不会比作品中那个"我"少。但是坐到出租车上那一刻，他就对这个一路同行的外地人完全不必害怕了，完全不必害怕的时候，行事的准则也就立刻变了，从"成人式"的怀疑一切又变回了"童话式"的和谐友善。而"我"却依然还在害怕，所以感受到的也依然是"成人社会"的险恶自私。即使在两人都沉浸在猜疑之中的时候，他们也只是采取"守势"，而且"我"一度还不知不觉地忘了猜疑那个人，将策略转化为获取对方的信任。这体现了人性的另一种强大本能，或者说体现了"童话心理"的"顽固性"。而一旦恐惧消失，对于"成人社会"遵循自私准则的信念体系就会轰然崩塌，人会倾向于表达善意。《去铁岭》是一个发生在夜晚、陌生地方的故事，大部分篇幅中，气氛是紧张的、诡异的、恐惧的，到了最后，云开雾散，原来一直是花好月圆。小说中的两个人其实是被偏见遮住了眼睛，在偏见制造的黑暗中战战兢兢地摸索，而当偏见的小纸片从眼前撤去，才发现自己的周围一片璀璨的光明，也瞬间感受到了温暖。这个故事讲述的就是："成人社会"的另一面也是存在的，始终真实地存在于我们的周围，我们感受得到。

巧合的是，《去铁岭》和余华的《十八岁出门远行》一样，也是以"搭车、出行"为情节载体，而呈现各自观察和理解到的"成人社会"之一面的。而夏鲁平的另一篇小说《冬捕》，则是在另一个选材角度上和《十八岁出门远行》可以做类比，也和莫言的名篇《透明的红萝卜》可以做类比，那就是以初见"成人社会"的"少年视角"来表现"成人社会"。

《冬捕》里的少年天明是实实在在地在这篇小说讲述的故事里初见"成人社会"，此前他的妈妈小心翼翼地尽力将他呵护在"童年世界"里，她说："天明还是个孩子，他懂什么？"但在这样的呵护之下，被挡在"成人社会"之外的天明其实并不快乐，他看得到"成人社会"正在发生的事，却无能为力，即不能冲出去以自己的行动改变什么，因此不知道自己的行动是否能改变什么、怎样的行动才能有效。而与此同时，"成人社会"又在召唤着他，催促着他，天明的三叔就对天明的妈妈说："我跟你说不通，我跟天明说说，让天明给评评理。"这是把天明当成人看了，而且是当成可以代表这一家的成人看了。天明的"童年世界"早已崩塌，"成人社会"呼啸的风已经刮在他脸上。天明"童年世界"的崩塌是从他爸爸得胃癌去世开始的，因为爸爸的病和死，他们家欠下了很多债，尤其是欠了三叔很多钱，而在爸爸死后，妈妈经受着痛苦的打击和经济的压力，身体也垮了，小说里以触目惊心的文字描写她的状态："胸腔像一部巨大的风箱，需要不停地抽拉，才能把肺部里的气抽出来，送回去，一副死不了活不起的样子，难受得很。"而三叔其实也得上了和天明爸爸一样的病，这个眼前还健壮的病人，不得不常常到天明家催债，而每次催债，天明的妈妈这个衰弱的病人都只能撒泼耍浑似的应付，大概心里也是真有些生气，既气自己竟然沦落成了这样欠钱不还的无赖样子，也气他三叔何必这么难为一家日子难以为继的孤儿寡母，于是就像小说里写的："要钱的有要钱人的难处，还不上钱的有还不上钱的心酸，闹得心里彼此都不痛快，脸皮都快撕开了。"涌到天明眼前的"成人社会"如此凄凉、冷酷、难堪。

三叔是这个屯子里的"渔把头"，冬天破冰捕鱼是他重要的收入来源，而破冰捕鱼是需要本钱、需要人手的。这事对于三叔来说，大概就像一般的农民春天要买种子、换农具、买化肥，真到了"生死攸关"的节骨眼儿了。他在河结冰之前再次来到了天明家，这次，他的话说得冷静而坚决——第一句话："我今天是来找天明的，我就想让天明听听这个理儿，天明？"第二句话："河马上结冰了，结了冰就得捕鱼，我没那本钱，这活儿就没办法干，你总不能看着我把到手的钱让别人挣去。"第三句："我就想听你一个准信儿，钱什么时候还。"三叔如果大吵大闹，天明妈妈也可以大吵大闹，但是三叔冷静而坚决，天明妈妈也就只能拿出可行的办法来了。她意识到她的儿子不可能继续自外于"成人社会"了，否则他们娘俩就都无法立于"成人社会"了。她以献祭般的心情将天明交给三叔去一起捕鱼，以天明应得的工钱作为偿债。三叔说着"考虑考虑"走后，天明的妈妈告诉天明一句话，这句话大概就是天明正式理解"成人社会"的第一课："记住，不管我给你三叔怎么耍怎么闹，都不关你的事，你必须把你该做的事完成。"这句话，用现代伦理来说，其实讲的就是个"职业意识"，就是"人与事要分开、情与理要分开"。在这里，"成人社会"的第一准则不是弱肉强食、摧眉折腰之类的无耻，而是劳动者的体面与尊严。

　　但是当河结了冰，天明真的去三叔家的时候，他妈妈还是从院子里的鸡窝抓了两只老母鸡捆上，让天明拎着去。这两只老母鸡可以看作"第二课"，这一课无言地告诉了天明，"成人社会"也还是有称之为"礼数"的腌臜一面的，也就是《十八岁出门远行》中那个少年不幸只见到的那一面，"具体而微"的。天明也学得快，或许是早就知道些吧，他到了三叔家正看到三叔肚子疼得脸色煞白、出着冷汗，缓解了之后，三叔问他："你来干什么？"天明说："听说三叔病了，我妈让我看你。"三叔说："我知道你会这么说，我刚倒下，你妈怎么知道？"天明说："就知道嘛。"给生病的三叔送两只鸡这没什么不对，但这鸡又是送给"债主"的，又是送给"雇主"的，这里边关系就复杂了，说天明学得快，就是这一点学得快，他知道这两只鸡的意思，也知道得怎么说这两只鸡的意思，以及他这次到三叔家的意思——不能说债，不能说捕鱼，只能说是看望。但刚刚学会毕竟不熟练，话说得有点儿"过犹不及"，三叔那句话，"我知道你会这么说"，算是承认天明进了这个世界的门槛，又批评他，那是意味着这个"初学者"在这个世界里还只有挨骂的份儿。有挨骂的资格也应该"识抬举"了，《十八岁出门远行》里那个少年，"成人"们骂都不骂他的，骂就算是接纳了。这就是这个伦理最恶心的地方。天明那句"就知道嘛"又是"小孩儿话"了，也正是在他说了这句话之后，三叔立刻说："回去告诉你妈，我这儿不用你。"然而，其实"就知道嘛"在这里却正是"人"的话——你们的规矩让我现在必须说瞎话，然后你们就又可以责备我说了瞎话，何况我又没说是你倒下了我才来看你，所以你责备得其实也是信口开河，许你信口开河，还不许我说一不二吗？他显然还不能真正了然，当人屈服于"成人社会"阴暗一面的习气时，所有的道理都只是权利工具，所以讲道理的权利远比道理重要，而在天明和三叔这样"三重不平等"（辈分、债务、雇佣）关系中，讲道理就是三叔羞辱天明的武器，三叔甚至一点儿都不觉得这是羞辱，还觉得这是考验或教育。天明没有应和这种教育，也就没有通过这个考验，他又被三叔代表"成人社会"驱逐了，就像《十八岁出门远行》中那个十八岁的男人被"成人社会"驱逐一样。这算是他的第三课。

第四课是天明自己给自己上的，他离开三叔家，又下决心返回三叔家。他这么做的理由有两个，一是，不想让妈妈生气伤心，二是，不想让两只母鸡白送。他这么做的策略也有两个，一是，说妈妈把他赶回来了，二是，不再等三叔同意，直接干活。这体现了他对"成人社会"规律的新认识，以及他对自己"成人身份"的明确自觉。他透过三叔做作的表象，既直觉到照顾其"面子"（即在虚假自我想象中获得的满足感）之必要，也直觉到这不是最重要的，所以，先说一句是妈妈把他赶回来的，这等于承认了三叔的权威大于自己，但之后就不再多说了，也不再多给三叔继续做作的机会，直接去执行第一课的教导："你必须把你该做的事完成。"这就是在小说之后的情节中天明行事的第一准则。也就是说，四课的教育在天明心里起到的作用，是让他真正理解了第一课说的才是最为首要的，才是立身于"成人社会"的根本。很幸运，他没有被引到邪路。

三叔和一起捕鱼的人又给他上了第五课，那就是故意折腾他、为难他，向他夸大和给他增加劳动的难度。这是一种奇特的习俗，目的是给新人造成一种这个行业超出人类能力和耐受力极限的印象。天明只是牢牢地守住他的准则，追不上车，他就跑着去，凿冰窟窿远远比不上别人的速度，那就老老实实按自己的速度凿，不卑不亢地和那些想在心理上压倒他的人一起劳动。那些人，连三叔在内，其实也只是被那种"成人社会"想象给伤害过，所以行事有时不由自主而已，而如果以那种偏狭的"成人社会"观来看，那么他们的内心其实也都是"幼稚"的，所以，踏踏实实一起劳动的情谊和分工互助的天然必要，让天明直率的做法唤醒了他们的真心，在三叔病休两天之后复工时，他们已经自然地接纳天明为平等的一分子了。当然，我们随后还会看到，这种接纳也还是脆弱的。

复工的那一天出了事，他们的渔网挂在冰面下的石头上了。小说中不是从经济的角度，而是从"面子"的角度来阐释这个危机的：丢弃渔网是捕鱼人的耻辱。我们不知道这个渔网是三叔自己的，还是租来的，借来的，但是这些区分当时在那些人的心中也是无关紧要的，"不能丢弃渔网"这个戒律本身才是第一位的。他们谁都知道这时候下到冰面下把网解下来，即使不死也要残废。所以这个戒律是不人道的、反人性的。但正是因为其不人道、反人性，所以才被定为戒律，因为这才能确认和强化不平等权力的威严和意义。佛教所反对的"诸邪见"中有很大的一个门类命名为"戒禁取见"，说的就是人类社会中的这一类戒律。蒙昧时代的人牲、人祭等就是其中的荦荦大者，而像以人命换一张渔网之类，则都是其委曲小变。当时冬捕的所有人都被这个邪见摄住了，没有人认为可以不遵守，可以权衡一下利弊。但又没有人真的愿意去做那个下到冰面下的人。这时候，那脆弱的平等接纳就坍塌了，捕鱼团队里一个叫二赖子的人卑劣地说："按规矩，天明是我们这几个人中排在最后，这活儿就该他干。"而其他几个人在他说了这句话之后，也都卑劣地用眼睛盯着天明。邪恶的戒律成功地唤起了人们的等级意识、特权意识、弱肉强食的意识。这个时刻，也成了对于天明最严苛的考验。"成人社会"的两个面向，都在考验着天明，或者说，争夺着天明，一个面向，是理智的、人道的、尊重人我的尊严的成人社会，另一个面向，就是那个迷信的、尊卑森严的、自欺欺人的成人社会。最终，天明选择了拒绝。当然，他选择得并不理直气壮，甚至并不坚决，但他还是勇敢地说出了"我不想死"。这是他进入成人社会的第六课，他在危急时刻，透过了第一课的那个准则，也就是说，真正透彻地理解了第一课的那个准则："你必须把你该做的事完成"。什么是他"该做的事"？为了一张渔网而送死是他"该做的事"吗？按照迷信的习俗，按照尊卑秩序，那就是，但他人性的胜利就在于他拒绝按照那些去评判和行动，他接着说："我要是死了，谁替我妈还债？"对，为了一张渔网送死不是人"该做的事"，用劳动偿还欠债，才是人"该做的事"。这一课不但是天明自己的一课，也是他给在场的那些人上的一课，帮着他们从成人社会的那个阴暗面向醒悟过来，向本真的成人社会回归。天明的这句话说出了简单的真理，而简单的真理是迷信最大的克星。可惜，三叔他们虽然有所醒悟，但还是在既成的迷雾中牵缠得太久了，不能彻底放下。这是不能苛责的，甚至是应当敬佩的：三叔选择了自己去做那个"旧神"的牺牲，完结这一桩旧案。"成人社会"的那一面是如此顽固，这是绝望的，但"成人社会"的这一面也是如此强大，有着顽强的生命力，这又是充满希望的。这个故事，和《去铁岭》那个故事一样，不是否定"成人社会"那一面的存在，否定是没用的，存在的就必须正视；但这样的故事揭示了"成人社会"还有另外的一面，这一面的存在也一样是不能否定的。更为可贵的是，故事中初步探究和呈现了其中的消长机制——那一面的"成人社会"凭借什么起作用，这一面的"成人社会"又凭借什么能够突围、生长。这就比只呈现一面的作品，深刻得多，艺术表现的难度与价值也相应地更大。这些作品给读者的既不是绝望也不是空洞的希望，而是正视现实之后的实实在在的希望与安慰，是让人正直地生活下去的力量。

二、与"人生烦恼"和解

夏鲁平的小说写的是"你邻居家的故事"，是平凡人的"烦恼人生"。写"烦恼人生"也有不同的写法，有愤世嫉俗的写法，有玩世不恭的写法，有哀怨压抑的写法……当然，不同的写法，也是因为所写的"人生烦恼"是不一样的，对于有些"人生烦恼"就应该怒发冲冠，对于有些"人生烦恼"就应该嬉笑调侃，对于有些"人生烦恼"不得不肃穆哀伤……但是在平凡人们一生的大多数生活经历中，大多数的"人生烦恼"也是平凡的，甚至难以向人表达的，正所谓"不如意事常八九，可与人言无二三"，是人之为人生于天地之间的慨叹，即使生平并不遇到不公、不幸、战乱、灾害，在自己的感受中只怕也多半是如此，总有一些琐琐碎碎的事不得不去应对处理。这些事不适合用上述的那些写法来表现，却需要来自文学艺术的复见与纾解。讲故事的最早意义就是能够给人以秩序感和意义感，而那些有力的故事，其传递的秩序感和意义感应该是来自现实本身，是现实的本质。

表现日常"生活烦恼"的故事如果能够有这样的力量，就会"治愈"读者那些不可避免、无足轻重却又挥之不去的烦恼，让读者能够拨开这些烦恼的云雾而看到生活的阳光。夏鲁平的一些优秀作品，是能达到这个心灵艺术的造诣的，比如，我们在第二章里曾提及的两篇名字构成对仗的小说：《突发事件》和《日常生活》。

《突发事件》中，从监狱出来的乔三（不知是放出来的还是跑出来的），在夜里敲响了郝电工和黄娟住处的房门，这就是那个"突发事件"。郝电工和黄娟在生活中，心里不可能不存着乔三这个烦恼。他们都知道乔三这个酗酒的刑事犯，是多么暴力，多么敏感于黄娟与男人的交往。原来乔三和黄娟夫妻两个人一起住在窝棚里的时候，黄娟还是保险销售员，乔三只要看到她和男人出现在一起，就会追问，有的时候还跟踪。乔三入狱，就是因为黄娟的一个客户对黄娟起了非分之想，约黄娟鬼混，乔三用菜刀把那客户给砍了。黄娟曾告诉郝电工，"从内心里讲，她甩不掉乔三了"，也就是说即便不是多年的夫妻感情，乔三为了她而砍人、入狱这件事，就将两个人永远地缠在一起了。但是黄娟和郝电工还是走到了一起，过上了同居生活，也想过结婚。我们先不说黄娟和郝电工的行为对或不对，有些什么样的理由，就他们在那天夜里遇到的突发事件来说，最直接的危机是：乔三会怎么做？黄娟又该怎么选择？这其实是郝电工和黄娟两个人日常烦恼的"显形"——当然，在小说文本的世界里，这是真实发生的一件事，但是即使这个突发事件没有真的发生，在郝电工和黄娟的心里恐怕也会千百次的发生，咬啮着他们的心，让他们即使在最幸福的时刻也不能全然安心。乔三就是他们的"达摩克利斯之剑"，就是不知道什么时候会毁灭他们现在生活的阴影。除非乔三死在狱中（这种可能微乎其微，而且若真的发生，那就将是一个更大的一个心理阴影），否则他早晚要出现在他们面前，而在那之前的每一天每一夜，他们的生活都好像是偷来的。虽然小说里写黄娟"从未正式想过乔三会来找麻烦"，郝电工也"以为乔三与黄娟的关系从此结束了，只要有心情，黄娟还可以从法院拿回一纸离婚判决书"，但"未正式想过"不等于是想不到或者会忘记，"以为"的也只是无根据的空想，烦恼依然在那里，即便的确"拿回一纸离婚判决书"，他也依然面临着乔三仇恨与非理智行为的可能威胁。现在，再来说郝电工和黄娟的做法，他们的行为当然经不起任何公认道德法则的衡量，他们肯定不是什么正人君子。他们两人亲密关系的起点就很不堪："三年前，郝电工的婚姻发生了变故，寂寞难耐的他到处寻求刺激，竟然在一个不便言说的场合像见到了鬼似的见到了这女人。女人告诉他，她叫黄娟。那天郝电工领黄娟在一个不显眼的破败小酒店消耗掉了一个通宵……"我们不知道那个"不便言说"的场合是地下性交易窝点，还是"一夜情"的接头处等，总之大概是这一类场合吧。而且他们这次和之后的几次见面，"郝电工都要给她留点儿钱"，则两人关系的性质、黄娟当时的角色，也就不言可知了。然而我们还是要说，开端的不义，不能直接地用以证明现状的不义。后来他们的同居，却不是金钱与性的交易，虽然郝电工理解为那个关系的时间长了一些，但到了彼此诚恳地说开之后，两人就都不是那么想、那么看待的了。最肮脏的相遇，或许也总有千万分之一的可能竟然生长出爱情吧。他们的生活之路就是这么七扭八歪地，走到了那里。在这七扭八歪之中，就有很多不堪，很多烦恼，而乔三就是这些不堪和烦恼的阀门、象征。

因此，乔三敲开屋门的那个夜晚，也就是小说所写的那个夜晚，就是郝电工和黄娟生活中最重要的时刻，即便他们俩自己当时意识不到。他们当时只剩下惊慌失措。乔三还是黄娟的丈夫，郝电工总不好将其拦在门外或者赶出去，而在乔三真的做出什么违法的事之前，郝电工也没理由报警。黄娟更是被惊恐、尴尬、羞愧这些感情给填满了，连动作和说话都困难。她的惊恐是长期家暴积威之后的第二本能，尴尬是由于在这样的情形下与丈夫重逢，羞愧则因为自己也觉得确是对不起乔三。郝电工和黄娟此时的反应，证实了也解释了他们"从未正式想过乔三会来找麻烦"，因为"正式"的"想"也就会卡在这个事件刚刚发生的这一刻，然后，因为无事能做，思想也就自己停工了，根本启动不了"正式"的"想"这个进程，就像此刻这个场面一样。于是我们看到，黄娟就愣愣地一句话都不说，郝电工的应对也全无章法，主动权完全在闯入的乔三身上，他想坐就坐，想吃就吃，想喝就喝，想发火就发火——

> 郝电工说："那你就慢慢吃，也别拿这儿见外。黄娟，倒一碗水。"
>
> 黄娟把水端来了。乔三也许渴极了，接过碗，咕咚咚喝掉了半碗，才缓过一口气儿说："你看我像见外的人吗？"
>
> 郝电工勉强地笑了，拍拍乔三的肩膀说："这就对了！"
>
> 乔三忽然停止了咀嚼，像随时要咬人的狗，低头吼道："别动我！"
>
> 郝电工的手僵在乔三的肩上，不会动了。
>
> 乔三不动声色地说："你把手给我拿下去。"

在此之前，其实是乔三先说了一句"黄娟，给我倒一碗水"。而郝电工说的那些话，以及拍拍乔三肩膀这个动作，都是想创造一个"我才是这家男主人"的气氛，硬抢一个主动地位，但他任何优势都没有，不说体力和"损失承受度"，就连在道义上，他也挺不起腰杆来。这一类烦恼的奥秘就在这里：不是哪个人带来的，而是自己过去做过什么而造成的。他的手僵在乔三的肩上，不是怕乔三，而是无法直面自己做过的事。他想把三人之间不正常的关系直接当成正常的关系去处理，这是他的应激反应，事实上当然根本是行不通的，他稍微一清醒，也就意识到了。所以，他只能看乔三下一步怎样行动了。他被迫承认了乔三的主动地位。

乔三提出的要求是和黄娟到里屋关上门单独谈谈。郝电工发现自己没有合理的理由或立场可以阻止乔三这么做。而且乔三还说了一句"我们都是过来人，你不会跟我计较吧"。这应该比郝电工原来的预想，要善意得多了，乔三没有把郝电工作为像那个被他砍了的客户一样的"奸夫"来看待，而且认为他是有可能"计较"的人，这就是以并无强烈敌意的方式，点明了他和黄娟之间的特殊关系。当然，这个特殊关系乔三一进屋就看得清清楚楚了，而且没到他们的住处之前，一定也就已经知道了，但是看清楚和说出来毕竟还是不一样的，而说出来了却没有立刻爆发冲突，那么这个第一关，就算是过去了，这柄"达摩克利斯之剑"落下来，却没有刺向他的头顶。

但是，黄娟惧怕这个提议，此时她绝不想单独面对乔三，无论是他可能的暴力，还是他的质问。她希望她现在依赖的男人郝电工至少能够在身旁。但是已经放弃争夺主动地位的郝电工，此时能做的只有对拉着黄娟进屋的乔三说一句又像警告又像劝说的话。

随着黄娟和乔三个关在里屋的时间越来越长，气氛也就越来越紧张，郝电工却还是一样地束手无策，但他还有一个底线在，那就是决不能允许乔三伤害到黄娟的身体——至于精神，那很难说不是他自己和黄娟已经无可挽回地伤害了乔三。因此，黄娟在里屋的一声大喊"乔三，你不要脸你"，改变了郝电工和乔三对峙的方式，郝电工终于和乔三正面交锋了，紧张的气氛也达到了顶点——噩梦达到了顶点，暴力攻击随时一触即发。郝电工想到拿钱来解决这个危机，但又立刻觉得大概不是这一类的事。乔三则开始"审问"郝电工，先问他和黄娟是什么时候认识的，郝电工不冷不热地回答了，但当问到日子是不是过得不错的时候，郝电工却觉得乔三是在戏耍他，便顶撞了两句。这不见得是个策略，很可能只是不由自主，但是起到的作用，却是逼着乔三亮出了自己的底牌，他说："有好多人说，我进去后她做了对不起我的事！"在郝电工的第一反应里，这句说的无疑是黄娟和他同居的事了。但实际上乔三这个时候这样说起这件事是很奇怪的，这不是一个早就已经挑明的话题了吗？但郝电工此时想不了那么多，只能尽量冷静地向乔三争取一个解释的权利。在郝电工的心理中，他和黄娟的同居，就是他害怕面对乔三的全部原因，而当乔三突然出现在他面前的那一刻，以及乔三在他家里气势汹汹的全部时间，不管他的思想意识里转了多少个念头，他内心深处的想法其实就是一个：如何向乔三解释他和黄娟同居这件事。他心里根深蒂固地认为这是他逃不过去的，也是他最没有把握、没有主意的。乔三要打他不是他最怕的，乔三打了他还跟他讲这件事的理，或者乔三虽然不打他但是要跟他讲这件事的理，是他最怕的。现在他感到那个最终时刻到来了，是死是活，他也只能面对了。

这时候发生的事情却彻底偏离了郝电工的想当然——

> 乔三焦头烂额了，也失去了最初的耐心，忽然低下头，双手紧紧捂住脑袋说："你说吧，我就想听你说黄娟从来没做过鸡！"

原来乔三闯进郝电工和黄娟同居的家里，就是为了这句话！我们读到这里，才明白黄娟喊的那句"你不要脸你"，十有八九也是因为乔三问她是不是做过"鸡"。黄娟害怕面对乔三的不是一件事，而是两件事，或者说是许多件事，但除了和郝电工同居这件事之外，可以归纳为一件事。这两件事她都不知道能怎么向乔三说，所以当乔三走进她和郝电工同居的家时她只能发愣，当乔三要和她关上门单独说话时她想拒绝，而当乔三问到她卖淫的事时，她达到了极致的紧张就变成了大喊和责骂。

　　但是她最害怕的这件往事，却是郝电工已经释然的。当郝电工知道乔三追究的不是他和黄娟的同居之后，立刻就放松了，立刻就获得了妥善处理这一困境的恰当方式和技巧。他说得乔三相信了黄娟从来就没做过什么"鸡"，说得乔三从"焦头烂额"中放松下来，居然睡着了。第二天早晨郝电工和黄娟做早餐的时候，乔三睡醒了，一句话没说就走了。

　　这个故事的结构会让我们想起夏衍先生的名剧《上海屋檐下》——入狱多年的丈夫忽然归来，引起妻子与同居者的尴尬，当天丈夫又自己离去了。但是相似的结构承载的是截然不同的意义与人生。《上海屋檐下》讲的是革命理想、生活重负与友谊。而《突发事件》讲的，我认为是一个关于"走出负罪感"的隐喻。人违反了法律当然要遭到国家的惩罚，人违背了道德也应当受到良心和舆论的谴责。但是人长久地活在负罪感中，无论对于自己，还是对于他人，乃至对于社会，都是只有坏处而没有好处的。湮没在负罪感中是一种心理困局，破局而出是一种治疗。小说中的郝电工和黄娟就是湮没在负罪感中的人，即使他们自己意识不到，那也只是因为他们将之压在了潜意识里，而无处不在地影响着他们的生活和行为。在现实中这样的困局可能难以打破，或者在心理咨询师的治疗下打破，而在小说的世界中，却可以以这种戏剧化的方式打破。乔三就是他们负罪感的"门"（而在小说中他恰好是以敲门这个动作出场的），不打开这扇门，负罪感就会永远在潜意识里作祟，但当事人却会惧怕触碰这扇门。小说中写的就是这扇门猝不及防地打开了，郝电工和黄娟的心理危机爆发了，他们经历了回避、愤怒等过程，但终于依靠两个人协同的力量，化解了困局——乔三安静地离开了。这酷似"家庭疗法"的过程，有亲密关系的人共同面对一个和他们都有关系的创伤性事件，此时他们不同的角度本身就构成互相治疗。对于郝电工来说，意识到乔三真正在意的不是黄娟和他同居，而是此前黄娟的卖淫经历，让他从心理重负下走了出来；然后他又帮助黄娟意识到会对乔三造成伤害的不是真实事件而是"得知"真实事件，更重要的是转变乔三的形象——不是横暴的、占有欲强烈到变态的，而是关心黄娟、希望她好的。沉浸在负罪感中往往不是真的因为道德意识，道德意识带来的应该是生活与改变的勇气，而造成沉浸的却是恐惧。郝电工对乔三的善意谎言和乔三的反应，事实上将黄娟心中的勇气转变成了真正的道德意识，由此，沉浸于负罪感也转变成了健康的愧疚感与自我提升的意愿。与负罪感的和解与告别不是逃避责任，而恰恰是承担起责任。

《日常生活》里的人物处理的则是另外的一种生活烦恼。贵仁和显明父子的关系，让我们再一次想起《敬老院里的春天》中曹家两代三人的关系——精神连体生物的关系。贵仁在事业上和爱情上都有着一分收获与快乐，但能够破坏这一切的烦恼，就是他的儿子显明。他认为自己在爱护着残疾的儿子显明，又常常被不懂事的显明伤害。事实上显明也的确有许多行为伤害了贵仁，小则学习成绩低得惊人，以及不满意贵仁的爱情，当着杨艳春的面愤然离家，大则在学校让女同学怀了孕，惹得女同学的父母讨赔偿、老师也教训贵仁，还参与盗窃团伙，偷了自己家。与郝电工和黄娟的烦恼不一样，贵仁的烦恼对他来说完全是外来的烦恼，是因为有一个"坏"的家人而造成的烦恼。但事实上，这个烦恼还是他自己造成的，他无意识地将已经长大的儿子仍然看作他自己的"一部分"，他不能将儿子的所作所为看作一个与他平等的人的行为，而是看作他自己身体一部分的"疾病"，这样，他就不会想去了解、理解，而只是想去"治疗"。就像一个人的脚上长了疮，他不会去想办法了解脚是怎么想的，他只会想办法治好这个疮。贵仁对显明的态度就是这样。而这样当然是解决不了问题的，反而会让问题复杂化，比如，因为贵仁视显明为自己的一部分，就导致显明的潜意识里也会视贵仁为自己的一部分，这就让他觉得自己有资格甚至有义务对贵仁与杨艳春的亲昵举动愤怒，就像曹兴汉对他母亲与肖科长的亲昵举动理所当然地感到愤怒一样。他们两个互相这样看待对方，因此就无法进行人与人之间的正常交流。谁会和自己身体的一部分做人与人之间的交流呢？所以在这篇小说里，其实不但有贵仁的烦恼，也有显明的烦恼，甚至显明的烦恼更深重。显明的烦恼不能解决，贵仁的烦恼就不可能解决，反之亦然。在故事的最后，是那个聋哑女化解了父子俩的烦恼，她写的那张纸条，我们已经读过了，这张纸条深层的意义，就是让贵仁忽然明白了儿子显明也是一个有思想、有情感而且是有着丰富思想与情感的人。是的，贵仁和显明共同生活了多年却意识不到的事，聋哑女却是很清楚的。这并不奇怪，因为人在儿童期确实是必须也应当和父母有着"精神连体"的关系，这个"精神连体"的分离是个渐渐发生的漫长过程，如果既没有传统神话的仪式又没有现代心理学的知识，那么很可能双方都意识不到，儿女依然视父母为依靠，父母依然视儿女为肢体，一个表征就是有些七八十岁的父母会习惯于出声地描述五六十岁的子女正在进行的动作："穿上鞋，拿着伞……"这是在模拟大脑对肢体的控制。而只要不是心理特别病态的人，在恋爱时却一定是以人对人的态度去相处的，甚至会有大量自己都不曾意识到的思想与情感奔涌而来，向自己的恋人倾诉、表达。在自然的亲密爱情关系中的人通常也会视对方为与自己一样的人，而摒弃其他想象的关系。应该说，显明很幸运地遇到了这个和他建立其自然的亲密爱情关系的人，而这个人又成为显明与父亲贵仁之间重建交流关系的介质，她告诉了贵仁一个作为人的显明，也使得显明意识到自己的这些情感与思想不但是可以告诉恋人的，其实也是可以告诉父亲的，也就是说，他也意识到了父亲贵仁也是和自己一样的人，而不是一个不可理喻的控制者。这个故事的美好结局是，贵仁把现在住的房子留给显明和聋哑女，而他自己则要和杨艳春另租一个房子结婚。父子俩各自建立了自己的新家庭，而他们之间也由此建立了新的关系，一种愉悦和谐的关系。聋哑女那一张纸条惊醒了父子俩的噩梦，精神连体生物的魔影烟消云散，父子俩相互地解放了彼此，也解放了自己。这也可以看作《敬老院里的春天》那个故事的一个喜剧版本吧。而既然在这篇小说此前的篇幅中，显明都是贵仁唯一的生活烦恼，那么这个结局也就正是贵仁与生活烦恼的完美和解。

《突发事件》和《日常生活》都是与生活烦恼和解的动人故事，本书中分析过的情节艺术和人物艺术，在这两篇小说里都有着精湛的运用，像《突发事件》，其实本身也是"咫尺兴波"艺术魅力的典范之作。我们阐释这篇小说的心灵艺术时，为了议论的方便而调整了叙事的顺序，在原作中，乔三闯门那天夜里的故事和过往的故事是交织着讲述的，那天夜里的故事严格按照时间先后顺序讲述，是为主线故事，而在其中穿插讲述过往的故事，过往的故事孰先孰后，却不依事实发生的先后为序。在情节上，过往的故事其实起到了增添主线故事波澜的作用。当乔三在门外说自己是乔三的时候，就插叙了郝电工与黄娟的第一次见面，那时两人彼此还不知道名字，郝电工只是认出了黄娟是那个街口小窝棚里经常被殴打得很惨的女人。这个插叙让读者知道了这三个人物之间的尴尬关系，也知道了乔三的残暴。随后又讲了郝电工在离婚后如何与黄娟在"不便言说的场合"重逢，而以当时黄娟"唠起了她的丈夫乔三"结束了这一段插叙，正好与主线情节中挤进门的乔三衔接起来，读者当然急着知道这个乔三进门后三个人会发生什么样的事。而关于乔三入狱原因、郝电工离婚的原因以及郝电工和黄娟同居经过的插叙，则是在乔三说了那句"你把手给我拿下去"，郝电工刻意维持"待客"的场面失败之后。这段插叙进一步渲染了乔三的嫉妒和暴力，也解释了郝电工和黄娟走到一起的心路历程，前者进一步突出了郝电工和黄娟面临的危险处境，后者则让读者知道郝电工和黄娟如果遭到了乔三的暴力伤害，至少不能说是罪有应得。主线情节就是一夜之间的事，而且在这一夜并未真的发生什么激烈的暴力冲突，紧张气氛的营造，其实在很大程度上是这两大段插叙支撑起来的，而这两大段插叙本身，又是那个心理"疗愈"的隐喻结构不可分的一部分，且其中还包含着人情事理，以及郝电工的前妻这么一位独特而生动的人物形象。这简直就是一个精妙的魔术，作家从容地展现在读者眼前。《日常生活》的情节安排也很周到，尤其是"伏笔"与"留白"的运用十分自如。显明偷盗自家，是后半篇的大关节，是父子关系危机的大象征，却在开篇处就浓墨重彩地伏笔，因此最后的冲突与化解才有那么大的感人力量；杨艳春独自在贵仁家的劳动，都是在贵仁回家后才蓦然发现的，这些在读者"视线"之外的情景增添了爱情的暖意。这都体现着作家"笔落一处而眼观六路"的功夫。

我们的鉴赏，跨越了情节艺术、人物艺术、心灵艺术这三个相互独立又相互关联的领域，现在临近尾声了。夏鲁平的短篇小说艺术给予了我们许多的宝贵启发，也给予了我们许多美的享受和心灵的享受。本书与您分享与探讨的，主要是艺术论的启发，这也是文学评论的本分与优势。至于美的享受和心灵的享受，那就还是需要您去阅读夏鲁平的短篇小说作品本身了，这无论如何是任何鉴赏与评论的文字所无法代替的。本书也许可以作为您走进夏鲁平短篇小说精彩世界的一个契机，但我自以为更重要的意义，却是凭借夏鲁平的杰作，探究一些本土的短篇小说创作经验——我总觉得我们太缺乏这方面经验的总结和积累。就在本书即将交稿的时候，我得知夏鲁平先生在 2017 年第 8 期《民族文学》杂志发表了一篇题为"高手过招：修炼和秘籍是必要的"的谈艺随笔，心中十分高兴，一是从这个题目的比喻看得出夏先生大概也是武侠小说的爱好者，二是这个题目的比喻精妙地表达了文学创作是一门高深的手艺，既要实践苦练，也要有技巧的总结与学习，这正可以作为本书主旨的一个强援。我为了本书的作品批评能尽量地出于己心，避免为作家的自我阐释所影响，所以在写作过程中刻意地避免了与同在一个城市的夏先生交流，甚至不太看他的访谈等周边文献。现在此稿已成，当持之携酒，面聆夏先生指教，岂非人生一大乐事哉？

2017 年 8 月 25 夜，大风中